HEYNE <

Das Buch

Der Zauberer Max Westin ist attraktiv, arrogant und dominant – in jeder Beziehung. Als er eines Tages der betörend schönen Magierin Victoria begegnet, ist ihm sofort klar, dass sie die Seine werden muss. Doch Victoria hat auf tragische Weise ihre große Liebe verloren und den Verlust noch nicht überwunden. Auf gar keinen Fall wird sie einfach so in Max' Bett fallen! Für Max und Victoria beginnt ein sinnliches Katz-und-Maus-Spiel voll dunkler Vergnügungen, bei dem sie beide bald nicht mehr wissen, was Realität ist und was Magie …

Die Autorin

Die Nummer-1-Bestsellerautorin Sylvia Day stand mit ihrem Werk an der Spitze der *New York Times*-Bestsellerliste sowie 28 internationaler Listen. Sie hat über 20 preisgekrönte Romane geschrieben, die in mehr als 40 Sprachen übersetzt wurden. Weltweit werden ihre Romane millionenfach verkauft, Lionsgate plant derzeit eine TV-Verfilmung von CROSSFIRE. Sylvia Day wurde nominiert für den Goodreads Choice Award in der Kategorie bester Autor.

Besuchen Sie die Autorin unter:
www.sylviaday.com
facebook.com/authorsylviaday und
twitter.com/sylday

Sylvia Day

VERZAUBERT

WILHELM HEYNE VERLAG
MÜNCHEN

Titel der amerikanischen Originalausgabe
SPELLBOUND
Deutsche Übersetzung von Sabine Schilasky

Dieses Buch ist auch als E-Book erhältlich.

FSC
www.fsc.org
MIX
Papier aus verantwortungsvollen Quellen
FSC® C014496

Verlagsgruppe Random House FSC®N001967

Deutsche Erstausgabe 07/2016
Redaktion: Uta Dahnke

Printed in Germany
Umschlaggestaltung: Nele Schütz Design, München
Satz: KompetenzCenter, Mönchengladbach
Druck und Bindung: GGP Media GmbH, Pößneck

ISBN: 978-3-453-54586-1

www.heyne.de

VERTRAUTER ZAUBER

1

Der Jäger war endlich eingetroffen.

Victoria betrachtete ihn aufmerksam über die interne Überwachungsanlage, die den Eingangsbereich ihres Büros abdeckte. Sein Armani-Anzug konnte das Raubtier in ihm nicht verbergen. Der große, dunkle Jäger bewegte sich mit einer lässigen Arroganz, die Victoria zum Schnurren brachte. Er blickte sich nicht um, sondern war ganz auf den Moment fixiert, in dem sie zusammen in einem Raum wären. Allein.

Als sie sich die Hände rieb, erfüllte ein kehliges Knurren die Luft. Der Hohe Rat wollte sie mal wieder verwirren. Sie lächelte und putzte sich, wie es in der Natur ihrer Art lag. Dieser Jäger war mächtig; das fühlte sie sogar durch die Wände, die sie trennten.

Und es sprach für ihr eigenes Können, dass sie einen Zauberer wie ihn auf sie ansetzten. Unweigerlich fühlte sie sich geschmeichelt. Schließlich hatte sie absichtlich gegen die Gesetze verstoßen und willentlich ebenjene Mächte angelockt, die ihr Darius genommen hatten. Und hier war ihre »Bestrafung«. Mit langen, festen Schritten kam er in ihr Büro. Die Wahl des Jägers hätte sie kaum mehr erfreuen können.

Er schenkte der Empfangssekretärin noch ein hinreißendes Lächeln, bevor er die Tür hinter sich schloss. Dann wandte er sich Victoria zu und nahm die Sonnenbrille ab.

Oh Mann!

Sie schlug die Beine in den Seidenstrümpfen übereinander, um das plötzliche Brennen zwischen ihren Schenkeln zu lindern.

Stechende graue Augen musterten sie. Seine Züge waren von solch schöner Strenge, dass Victoria beinahe geneigt war, aufzustehen und sich an ihm zu reiben. *Dieses markante Kinn … diese gemeißelten Lippen …*

Aber natürlich konnte sie das nicht tun. Zuerst musste sie abwarten, ob er verriet, wer er war, oder ihr etwas vorgaukeln wollte. Der Hohe Rat hatte noch nicht begriffen, welche Macht Darius ihr übertragen hatte. Sie wussten bislang nicht, wie viel sie wusste.

Ihr Blick wanderte zu der kristallgerahmten Miniatur auf ihrem Schreibtisch und dem Mann mit dem verwegenen Grübchen, der ihr liebevoll zulächelte. Darius war auf dem Ölgemälde wunderbar getroffen; kleine Goldakzente schimmerten in seinem blonden Haar. Sein Anblick rief das schmerzliche Verlustgefühl und den Kummer in ihr wieder wach und stärkte ihre Entschlossenheit. Sein Tod befeuerte ihren Wunsch nach Vergeltung.

Victoria stand auf und streckte ihre Hand aus. Der Jäger nahm sie gelassen, und sie spürte seine Macht.

»Mr. Westin«, hauchte sie und unterdrückte einen köstlichen Schauer. Sie müsste dem Rat für dieses Geschenk danken, wenn sie mit ihm fertig war. Er war so dunkel – seine Haut, sein rabenschwarzes Haar, seine Aura. Purer Sex. Sie konnte es riechen und, als er näher trat, auch fühlen. Es war offensichtlich, warum er ein so erfolgreicher Jäger war. Victoria war jetzt schon feucht und willig.

Max Westin hielt ihre Hand ein bisschen zu lange, und sein Blick sagte ihr unmissverständlich, dass er beabsichtigte, sie zu haben und zu zähmen. Wie alle Katzen spielte Victoria gern. Deshalb strich sie mit den Fingerspitzen über seine Handinnenfläche, als sie ihre Hand zurückzog. Westins Augen weiteten sich kaum merklich – ein winziges Indiz dafür, dass sie ihn herumbekommen könnte, wenn sie sich nur wirklich anstrengte.

Natürlich hatte sie genau das vor. Der Hohe Rat schickte nur seine besten, meistgerühmten Jäger zu ihr, und Victoria wusste, wie sehr es den Rat wurmte, dass diese Elite verlässlich scheiterte. Es war das Einzige, was sie tun konnte, um sich nicht völlig hilflos zu fühlen: Die Mitglieder des Rats daran erinnern, wie großartig Darius gewesen war und was sie verloren, als sie ihn gänzlich unnötig opferten.

»Miss St. John.« Westins Stimme war wie ein grobes Streicheln. Alles an ihm war ein wenig grob und rau. Er war eine primitive Kreatur, genau wie sie.

Victoria wies auf den Stuhl vor ihrem gläsernen Schreibtisch. Nachdem er einen Knopf an seinem Jackett geöffnet hatte, setzte Max sich. Seine dunkelblaue Hose spannte sich über den festen Schenkeln, zwischen denen sich eine eindrucksvolle Wölbung abzeichnete.

Victoria fuhr sich mit der Zunge über die Lippen. *Nicht schlecht …*

Sein einer Mundwinkel hob sich zu einem vielsagenden Lächeln. Max Westin war durchaus bewusst, wie unwiderstehlich er für sie war. Und Selbstbewusstsein war etwas, was Victoria sehr schätzte. Ebenso wie einen Hauch Verwegenheit, den Westin zweifellos besaß. Diese düstere

Aura verriet seine gelegentlichen Ausflüge in die dunkle Magie. Victoria bezweifelte, dass der Rat ihn besser im Griff hatte als sie.

Schon jetzt mochte sie ihn sehr. Sie sank auf ihren Stuhl zurück und stellte ihre Beine unter dem schwarzen Bleistiftrock so zur Schau, dass sie bestmöglich zur Geltung kamen.

»Das Museum möchte sich aufrichtig für den Verlust Ihrer Halskette entschuldigen«, begann er.

Victorias Lächeln wurde breiter. Er wollte ihr also nicht erzählen, wer er war. *Wie köstlich.* »Sie sehen gar nicht aus wie ein Kurator, Mr. Westin.«

»Ich vertrete die Versicherung des Museums. Natürlich werden bei einem Verlust dieses Ausmaßes Nachforschungen angestellt.«

»Wie beruhigend.«

Victoria beobachtete ihn durch ihre dichten Wimpern und bemerkte diese Energie, die auf ein rastloses Naturell schließen ließ. Seine festen, vollen Lippen versprachen sündige Wonnen. Victoria mochte sündige, dynamische Männer. Dieser hier war ein bisschen zu streng für ihren Geschmack, aber mit den richtigen Überredungsmethoden ließe sich das noch ändern. Letztlich gaben sie alle nach. Und den Teil des Spiels mochte sie am wenigsten – das Aufgeben.

»Sie wirken erstaunlich entspannt«, murmelte Westin, »für eine Frau, die gerade ein unbezahlbares Schmuckstück verloren hat.«

Victorias Zehen krümmten sich. Seine Stimme war so tief und leicht heiser, als käme er eben aus dem Bett. Zum Anbeißen, wie der Rest von ihm. Er war breitschultrig, zugleich schlank, und bei jeder seiner Bewegungen wölbten sich seine gut trainierten Muskeln.

»Deshalb hysterisch zu werden würde nichts ändern«, sagte sie achselzuckend. »Außerdem sind Sie hier, um die Kette zu finden, und Sie sehen … fähig aus. Warum sollte ich mir Sorgen machen?«

»Weil ich sie vielleicht nicht finden werde. Ihr Vertrauen in meine Fähigkeiten ist schmeichelhaft, Miss St. John, und nicht ungerechtfertigt. Ich bin sehr gut in meinem Job. Dennoch sind die Dinge manchmal anders gelagert, als es den Anschein hat.«

Es war eine Warnung – schlicht und ergreifend.

Nachdenklich stand Victoria auf und trat an die Fensterfront hinter ihrem Schreibtisch. Obwohl sie ihm den Rücken zukehrte, konnte sie seinen musternden Blick spüren. Sie spielte mit den Perlen an ihrem Hals und sah hinaus auf die Skyline der Stadt. »Notfalls kaufe ich mir eben eine neue Kette. Wenn man bereit ist, den entsprechenden Preis zu zahlen, bekommt man alles, Mr. Westin.«

»Nicht alles.«

Fasziniert drehte Victoria sich um und war überrascht, dass er näher kam. Er stellte sich neben sie und betrachtete die Aussicht, auch wenn er vollkommen auf Victoria konzentriert war. Sie spürte, wie seine Energie über sie hinwegglitt, auf der Suche nach ihren Schwächen.

Außerstande, der Gefahr zu widerstehen, rieb sie ihre Schulter an ihm und atmete den maskulinen Duft seiner Haut ein – eine Mischung aus Tausend-Dollar-Eau-de-Cologne und purem Max Westin. Ihre Atmung wurde flacher, und ihr Herz schlug schneller. Rasch ging sie auf

Abstand. Es war lange her, dass sie sich einem mächtigen Mann hingegeben hatte. Zu lange. Die anderen Jäger waren gerissen und verführerisch gewesen, doch Westin war reine Magie.

»Max«, sagte sie leise. Willentlich trieb sie die Vertrautheit voran, indem sie ihn mit seinem Vornamen ansprach.

»Hm?«

Sie blickte über ihre Schulter. Er folgte ihr. Stellte ihr nach. Und erinnerte sie daran, dass er hier das Raubtier war.

Ach, er könnte Spaß machen. Falls er denn spielen wollte.

»Essen Sie mit mir zu Abend.«

»Bei mir«, stimmte er zu.

Victoria ging zum Kühlschrank und holte zwei Milchflaschen heraus. Die wählte sie absichtlich, um ihm zu zeigen, dass sie wusste, was er wusste. Ihm war bekannt, wie sie tickte. Doch wusste er auch, warum?

War Westin klar, dass Darius mit seinem letzten Atemzug seine Macht auf sie übertragen hatte, wodurch sie weit mächtiger wurde als die durchschnittliche Gehilfin? Wusste Westin, dass ihr Zauberer sie geliebt hatte und dass diese Liebe sie in die Lage versetzt hatte, nun ihre eigenen Entscheidungen zu treffen?

Vor Darius' Geschenk war sie wie alle anderen Gehilfinnen und Gehilfen gewesen. Der Hohe Rat arrangierte die Paarungen zwischen ihrer Art und den möglichen magischen Gegenstücken, ungeachtet ihrer Wünsche. Manche Gehilfinnen waren unglücklich mit ihren Partnern. Victoria hatte gleich beim ersten Mal Glück gehabt und eine Liebe zu Darius entwickelt, die alle Zeit überstand. Und aufgrund dieser Liebe war sie nun zu stark, als dass sie je wieder gegen ihren Willen genommen werden könnte. In den zwei Jahrhunderten seit seinem Ableben war es keinem Hexenmeister gelungen, sie an die Leine zu legen. Westin würde es nicht besser ergehen. Sie hatte einmal geliebt, und das intensiv. Für sie würde es nie wieder einen anderen Zauberer geben.

Victoria schwang die Hüften und lächelte verführerisch, als sie zu ihm zurückging. »Wie wäre es bei mir?«

»Nein.« Er bemerkte die Flasche in ihrer ausgestreckten Hand, legte seine Hand auf ihre und ließ sie dort. Er hielt sie fest. »Victoria.«

Es war nur ein Wort, nur ihr Name, doch mit solcher Autorität ausgesprochen, dass Victoria fast schon das Halsband fühlen konnte. Jäger hielten sich keine Gehilfinnen. Sie fingen sie ein und reichten sie an die niederen Zauberer weiter. Victoria würde nie zulassen, noch einmal auf diese Weise zugeteilt zu werden.

So standen sie da, berührten einander, schätzten einander ab. Victoria neigte den Kopf zur Seite und gab sich keine Mühe, ihr Interesse zu verbergen. Es wäre ohnehin unmöglich gewesen, da sich ihre harten Nippel unter der grünen Seidenbluse abzeichneten. Ihre Brust hob und senkte sich rasch, und Max' Nähe und sein verführerischer Duft machten sie heiß. Er war so groß, so hart, so stark. Einzig die seidige dunkle Locke, die ihm in die Stirn fiel, machte seine maskulinen Züge ein wenig weicher. Wäre er kein Jäger, würde Victoria ihn direkt besteigen, so sehr wollte sie ihn.

Als sein Blick auf ihre geschwollenen Brüste fiel, verzog sich sein Mund zu einem lüsternen Lächeln. »Ich wette, dass ich der bessere Koch bin«, raunte er. Seine Finger streichelten ihre und erregten Victoria.

Sie schmollte. »Das können Sie nicht wissen, wenn Sie nicht zu mir kommen.«

Er wich zurück, und sein Charme war wie weggeblasen. »Entweder bei mir, oder ich muss ablehnen.«

Victoria wünschte, sie wäre in Katzengestalt, denn dann könnte sie mit ihrem Schwanz nach ihm schlagen. Max Westin war es eindeutig gewohnt, seinen Willen durchzusetzen. Er war dominant wie alle Jäger. Zu schade, dass sie es auch war.

»Ein Jammer.« Und das meinte sie ernst. Ihre Enttäuschung schmerzte geradezu, denn seine Wohnung kam nicht in Frage. Wer weiß, was für Zauber er dort installiert hatte? Und welche Spielzeuge er besaß. Ebenso gut könnte sie in einen Käfig marschieren.

Sie ignorierte das Kribbeln, das sie bei diesem Gedanken überkam.

»Haben Sie es sich anders überlegt?« Seine Überraschung war fast mit Händen zu greifen.

Der Mann hörte viel zu selten ein Nein.

»Ich bat Sie zum Dinner, Mr. Westin, und Sie knüpften Bedingungen an die Einladung.« Sie deutete zur Tür. Ihre Abfuhr dürfte ihn maßlos ärgern. »Ich akzeptiere keine Bedingungen.«

Damit hatte sie ihn gewarnt.

Als er keine Anstalten machte zu gehen, schnurrte sie vernehmlich. Es war ein weiches, raspelndes Geräusch, bei dem Westin die Zähne zusammenbiss.

Demnach beruhte die rasende Anziehung auf Gegenseitigkeit. Nun fühlte Victoria sich gleich ein wenig besser damit, länger auf ihn warten zu müssen.

Gelassen hob Westin die Milchflasche an die Lippen

und trank. Vom Anblick seiner Schluckbewegungen wurde Victoria der Mund trocken. Die angedeutete Drohung entging ihr nicht.

Dann stellte er die leere Flasche auf ihrem Schreibtisch ab und kam auf sie zu. Dabei knöpfte er seine Jacke zu und ergriff Victorias Hand. Seine Berührung brannte, obwohl seine Haut kühl und vom Kondenswasser an der Flasche feucht war. Und sein Blick war so eisig wie sein Händedruck. Er würde sich etwas ausdenken und wiederkommen, das wusste Victoria.

Und sie würde warten.

Sie streifte seine Handfläche mit den Fingern, ehe sie ihn losließ. »Bis bald, Max.«

Max verließ das St.-John-Hotel und fluchte. Mit zusammengebissenen Zähnen kämpfte er gegen die Erektion, die auf dem belebten Gehweg nur peinlich war.

Victoria St. John war ein Problem.

Er hatte es schon geahnt, als ihn der Rat rief. Verwilderte Katzen zu zähmen war Sache niederer, neuerer Zauberer. Zuerst hatte ihn die Bitte erstaunt, dann fasziniert. Und nachdem er seine Beute gesehen hatte, verstand er den Grund.

Victoria bewegte sich mit der natürlichen, verschlagenen und verspielten Eleganz einer Katze. Ihr kurzes schwarzes Haar und die leicht schrägen grünen Augen machten sie auf schwindelerregende Weise betörend. Max hatte ihr Bild schon hunderte Male gesehen und nie mehr empfunden als die übliche Wertschätzung für ein schönes Gesicht. In natura aber war Victoria umwerfend, schiere Sinnlichkeit und Hitze. Sie war ein bisschen zu schlank für Max'

Geschmack, eher dünn als kurvig, aber diese Beine ... Diese unfassbar langen Beine ...

Bald würden sie um Max' Hüften geschlungen sein, während er seinen Schwanz tief in ihr versenkte. Leicht würde es allerdings nicht werden. So viel hatte ihm ihr Lächeln verraten.

Sie wusste, wer und was er war, was bedeutete, dass die Gerüchte über ihre Kräfte stimmten. Sie war keine gewöhnliche Gehilfin.

Max schüttelte den Kopf. Darius war ein Idiot gewesen. Gehilfinnen brauchten die feste Hand eines Zauberers, sonst verwilderten sie. Victoria war ein Paradebeispiel dafür. Sie war viel zu wild und widersetzte sich dem Hohen Rat, wo immer sie konnte.

Und *ihm* auch.

Fasziniert ging Max im Geiste die Informationen durch, die er vor dem Treffen heute über sie zusammengetragen hatte. Victoria war eine echte Prominente in ihren Kreisen. Sie war dank ihres wachen Geschäftssinns von der Geschäftsführerin eines einzelnen Motels zur Besitzerin einer der größten Luxushotelketten im Land geworden. Bis zum Tod ihres Zauberers war sie ein geschätztes Mitglied der magischen Gemeinde gewesen. Ihre Wildheit seit Darius' Tod hatte allerdings den Rat in seiner Haltung bestärkt, dass Paarungen am besten wohlkalkuliert vorgenommen werden und keine Liebesverbindungen sein sollten. Gelegentlich entstand trotzdem Liebe zwischen Zauberer und Gehilfin, wie es in Victorias Fall geschehen war, aber dank der Intervention des Rats kam das sehr viel seltener vor als früher.

Max bog um eine Ecke in eine Seitengasse. Mithilfe seiner besonderen Kräfte überbrückte er die Distanz zu seiner

Penthouse-Wohnung am anderen Ende der Stadt binnen eines Augenblicks. Dort lief er rastlos auf und ab, weil seine Nerven blank lagen. Er bezweifelte nicht, dass Victoria St. John selbst ihre Halskette gestohlen hatte. Solch einen Diebstahl hätte ein Mensch unmöglich bewerkstelligen können.

Die Sicherheitsvorkehrungen im Museum waren viel zu gut. Victoria hatte es in dem Wissen getan, dass sie mit dieser Unverfrorenheit einen weiteren Jäger anlocken würde. Der Rat arbeitete unermüdlich daran, die Existenz ihrer Art vor den Menschen verborgen zu halten. Und Victorias dreiste Missachtung der Gesetze musste gestoppt werden, ehe sie alle bloßgestellt wurden.

Nur warum verhielt sie sich so? Das war es, was Max nicht verstand. Es musste einen Grund geben, der über das Fehlen eines dominanten Meisters hinausging. Victoria war zu beherrscht, zu berechnend. Ja, sie musste dringend gebändigt werden, aber sie war nicht außer Kontrolle. Bevor Max sie weiterreichte, wollte er herausfinden, was sie antrieb.

Er schnaubte und blickte sich in seinem weitläufigen Loft um, das vollkommen still und von lauter Schutzzaubern gesichert war. Die hellgrauen Wände und die dunklen Sofas ohne Armlehnen waren von einigen seiner Untergebenen schon als kalt und karg bezeichnet worden, doch auf Max wirkten sie beruhigend, wann immer er die Energie seines Zuhauses absorbierte. Es wäre einfacher gewesen, Victoria hier zu zähmen, wo er all seine Werkzeuge griffbereit hatte. Doch schon bei der Vorstellung wurde ihm bewusst, dass etwas anderes nötig war, um zu schaffen, woran andere gescheitert waren.

Um Victoria an die Leine zu legen, bedurfte es einer einzigartigen Herangehensweise. Ihre Kräfte waren irgendwie verstärkt, wie Max recht verwundert festgestellt hatte. Das erklärte, wie sie all die Jahre einer Gefangennahme hatte entgehen können. Max müsste sie nehmen, und das nicht nur körperlich, sondern auf jede erdenkliche Art und Weise. Sie musste dominiert werden, so wie alle guten Gehilfinnen, doch musste er sie dazu bringen, es zu *wollen*. Sie müsste sich willentlich ergeben – mit Leib und Seele –, damit das Halsband erschien, denn ihre Kräfte verhinderten die übliche Bindung ohne Zustimmung.

Als Max sich all die Dinge ausmalte, die er mit ihr tun müsste, strömte Magie heiß durch seine Adern. Er konnte nicht leugnen, dass er sich auf die Zähmung freute. Nicht auf die Aufgabe selbst, denn an die war er gewöhnt, sondern auf die Frau, die er bearbeiten würde. Allein der Gedanke an Victorias totale Unterordnung machte jeden Muskel in seinem Körper hart. Das Feuer, das er in ihren Augen gesehen hatte, und ihre sorglose Missachtung seiner Macht entsprangen nicht blanker Ignoranz, sondern dem Kitzel des Spiels. Zum ersten Mal bestand die entfernte Möglichkeit, dass Max scheiterte, und die regte seinen Appetit an, wie es sonst nichts könnte.

Max fragte sich, wem sie zugeteilt werden würde, wenn er mit ihr fertig war. Sie würde immer stärker sein als andere Gehilfinnen, doch er würde sie nicht brechen. Eine gebrochene Gehilfin besäße nicht die nötige Vitalität, um wirklich nützlich zu sein.

Seine Nackenhaare richteten sich auf und warnten ihn, bevor der Ruf in seinem Geist erklang.

Hast du die Wilde getroffen?, fragte der Rat. Hunderte Stimmen im Chor.

»Sie ist keine Wilde«, korrigierte Max. »Noch nicht.«

Sie kann nicht gezähmt werden. Viele haben es versucht. Viele haben versagt.

Max hielt misstrauisch inne. »Ihr habt mich gebeten, sie einzufangen. Dem habe ich zugestimmt. Ich werde sie nicht töten, ohne es vorher versucht zu haben. Falls ihr einen Mordanschlag wollt, müsst ihr euch jemand anderen suchen.«

Es gibt keinen anderen Jäger von solcher Macht, klagten sie. *Das weißt du.*

»Dann erlaubt mir den Versuch, sie zu retten. Sie ist einzigartig. Es wäre eine Vergeudung, sie zu verlieren.« Er fuhr sich mit der Hand durchs Haar und stieß vernehmlich den Atem aus. »Ich werde alles tun, was nötig ist, wenn es so weit ist.«

Wir akzeptieren deinen Vorschlag.

Das hätte ihn beruhigen müssen, tat es aber nicht. »Habt ihr entschieden, wohin ich sie bringen soll, wenn sie gezähmt ist?«

Selbstverständlich.

Max ärgerte die vage Antwort. Auch wenn er keinerlei Besitzansprüche auf Victoria erheben wollte oder durfte, waren sie da. Die Beziehung zwischen Dominantem und Untergebener war bei jeder Paarung ganz individuell und setzte ein Vertrauen voraus, das sich nicht einfach von einer Person auf eine andere übertragen ließ. Dies wäre das erste Mal, dass er es versuchte, und er war nicht sicher, ob ihm die Idee gefiel. »Dann geht und lasst mich planen.«

Die Präsenz des Rats verblasste, und der Drang, Victoria mit seiner Macht herzurufen und mit der Zähmung zu beginnen, war groß. Max bändigte ihn. Seine Ungeduld war unangebracht und störend. Er liebte die Jagd, genoss es, Gehilfinnen zu zähmen, doch er neigte nicht dazu, Dinge zu überstürzen. Eine richtige Unterwerfung erforderte Zeit, und die hatte er nicht, wie ihm der Besuch des Rats eben bedeutet hatte. Ihm blieben bestenfalls Wochen.

Max knurrte, während sich sein Schwanz vor Vorfreude versteifte. Wochen mit Victoria.

Er war bereit anzufangen.

2

Unruhig und angespannt spielte Victoria mit der Saphir-Diamantkette in ihrer Hand, die sie aus dem Museum gestohlen hatte. Sie fragte sich, ob sie es für den Hohen Rat endgültig zu weit getrieben hatte. Ihre Nachforschungen über Max Westin hatten ergeben, dass er üblicherweise nicht Wesen ihrer Art jagte, sondern die Anderen, die sich der Schwarzen Magie zugewandt hatten und nicht zu retten waren. Es hieß, er habe bereits Tausende gerettet, indem er die wenigen vernichtete, die mit ihren bösen Taten verheerende Schäden angerichtet hätten.

Und das bereitete Victoria Sorge. War sie jetzt eine Andere? Bedachte man, dass Max selten auf jemanden angesetzt wurde, den der Rat nicht tot sehen wollte, schien es, als sei auch ihr Tod beschlossene Sache. Max war eine lebende Legende, ein Held und kurz davor, in den Rat befördert zu werden. Das hätte sie gewusst, wäre sie ein aktives Mitglied der magischen Gemeinde gewesen und keine Ausgestoßene. Womit die Frage blieb, auf die sie schon seit Jahren die Antwort suchte: War es ihr Ziel zu sterben? War sie in Wahrheit lebensmüde, weil Darius nicht mehr da war? Sie war stark genug, um sich gegen das Halsband zu wehren, aber gegen einen Zauberer von Max' beachtlicher Macht? Und dennoch hatte sie ihn willentlich zu sich gelockt.

Verstört von der Richtung, die ihre Gedanken einschlugen, tat Victoria, was sie immer tat – sie beschloss zu agieren, statt zu reagieren. Da sie Max nicht auf Augenhöhe begegnen und gewinnen konnte, musste sie ihn irgendwie anders übertrumpfen.

Sie müsste ihn verführen und dafür sorgen, dass er echte Zuneigung zu ihr empfand. Womit sie ganz nebenbei auch dem Rat einen heftigen Schlag versetzen würde. Ja, das wäre ihre ultimative Rache. Der Rat berief äußerst selten jemand Neuen in seine Reihen. Zuletzt war Darius diese Ehre angeboten worden, und er hatte abgelehnt, weil er Victoria damit verloren hätte. Die Mitglieder des Hohen Rats hatten ihn dafür mit den denkbar brutalsten Aufträgen abgestraft, von denen einer zu seinem Tod geführt hatte. Das würde der Rat bereuen, ja, dafür würde Victoria sorgen.

Sie konnte es gar nicht erwarten loszulegen.

Zum Teufel mit Max Westin und seiner Sturheit! Wäre er zum Dinner zu ihr gekommen, wie sie es vorgeschlagen hatte, könnte sie sich jetzt an diesem wunderschönen Männerkörper reiben. Sie könnte mit der Zunge über seine Haut fahren, an ihm knabbern und ihm das Hirn rausvögeln.

Ihren geliebten Darius auf die einzige Weise rächen, die sie kannte.

Max war das perfekte Opfer, um den Rat zu ködern. Victoria konnte ihn sich lebhaft vorstellen, wie er an ihr Bett gefesselt war, ihren Gelüsten ausgeliefert. All die Muskeln und die wahnsinnigen Kräfte. Der Goldjunge des Rats, gefangen in seiner eigenen Falle.

Sie atmete vernehmlich aus, da sich Schuldgefühle in ihr regten, über die sie nicht einmal nachdenken wollte. Im

Stehen öffnete sie die Knöpfe ihres ärmellosen Pyjamaoberteils und machte sich bereit, Katzengestalt anzunehmen, als es an der Tür läutete. Langsam ging sie über den golden schimmernden Holzfußboden und sog prüfend die Luft ein.

Max.

Das unerwartete Vergnügen ließ ihr Herz schneller schlagen.

Sie öffnete und war für einen Moment sprachlos. In dem Armani-Anzug hatte Max Westin bereits umwerfend ausgesehen, doch jetzt trug er eine tiefsitzende Jeans, ein enges T-Shirt und Ledersandalen, und so wirkte er … Er wirkte …

Victoria schnurrte, und die leisen Vibrationen erfüllten die Luft zwischen ihnen mit lustvoller Vorahnung.

Gerissener Mistkerl! Er wusste, dass ihr natürlicher Instinkt beim Anblick nackter Füße war, die Gestalt zu wechseln, sich an ihnen zu reiben und ihm demonstrativ willig um die Beine zu streichen. Entsprechend kämpfte sie gegen ihre Natur an. Sie hob den Arm und lehnte sich gegen den Türrahmen. Dabei klaffte ihr Oberteil auf und gab den Blick auf ihren Bauch und den Ansatz ihrer Brüste frei. Max sah kurz hin, bevor er sie beiseiteschob und ihre Wohnung betrat, als sei es sein volles Recht.

Während er mit einer Papiertüte im Arm in die Küche ging, erwachten die Kerzen, die Victoria aufgestellt hatte, flackernd zum Leben. Die Stereoanlage ging an, und nach einem kurzen Moment der Suche ertönte ein Klassiksender. Satte Geigenklänge fluteten den Raum, und schon war die Szenerie perfekt für eine – wie Victoria jetzt bereits wusste – erinnerungswürdige Nacht.

Sie folgte ihm in die Küche, wo er die Tüte auf den Tresen stellte und auszupacken begann. Hinter ihm löste sich eine Pfanne vom Haken und schwebte auf den Herd.

»Der Zauberer verrät sich«, sagte sie leise.

Max lächelte. »Ich bin, was ich sagte.«

»Ein Versicherungsdetektiv. Ich habe Sie überprüft.«

»Ich kläre jeden Fall auf.«

»Das habe ich gelesen«, sagte sie trocken. »Sie sind entschlossen, die Welt von Bösewichten zu befreien, die Magie einsetzen oder auch nicht.«

»Ist das so schlimm?«, forderte er sie leise heraus. »Sie haben einst dasselbe getan.«

Er zog eine Halbliterflasche Bio-Sahne aus der Tüte, und Victoria leckte sich die Lippen. Aufmerksam wie alle Jäger, zitierte er mit einem Schwenken seiner Hand eine Schale aus dem Schrank herbei und goss ein wenig von der Sahne hinein. Victoria öffnete den letzten Knopf ihres Pyjamaoberteils. Einen Moment später lagen das Oberteil und ihre Hose auf dem Marmorboden. Sie wartete eine Sekunde, damit er kurz sah, was ihn später erwartete, dann wechselte sie die Gestalt. Mit einem federnden Sprung war sie auf dem Tresen und beugte sich über die Schale.

Max strich mit einer Hand über ihr weiches schwarzes Fell. »Was für eine schöne Katze«, flüsterte er mit seiner köstlichen Stimme.

Sie schnurrte.

Beim Schlecken wand sie ihren Schwanz um sein Handgelenk. Neben seiner großen Hand nahm sie sich winzig aus. Dennoch fühlte sie sich sicher bei ihm, was ungewöhnlich war für eine ungebundene Gehilfin – zumal in Gegenwart eines unabhängigen Zauberers.

Die Jäger waren die mächtigsten Magier und brauchten keine Gehilfinnen. Sie hielten die magische Welt sauber und spürten Abweichler auf, die sich dem Befehl des Hohen Rats widersetzten.

Wie Victoria.

Seine Fingerspitzen fanden die Stelle hinter Victorias Ohren und kraulten sie. Sie verschmolz beinahe mit der Arbeitsfläche.

»Lass mich das Abendessen kochen«, murmelte er. »Danach spielen wir.«

Max wandte sich zum Herd um, und Victoria rang mit dem Wunsch, ihm zu folgen. Sie lag auf der Arbeitsfläche, das Kinn auf die Vorderpfoten gestützt, und beobachtete, wie sich seine Schultermuskeln wölbten, als er Gemüse hackte und Fisch sautierte. Ihr fiel auf, dass sein pechschwarzes Haar vor Vitalität schimmerte, und beim Anblick seines festen Hinterns musste sie maunzen.

Ihr fehlte ein Mann in ihrem Leben. In letzter Zeit schien die Einsamkeit schlimmer denn je, und dafür gab sie dem Hohen Rat die Schuld. Der hätte warten müssen, bis sich ihnen ein zweites Paar, bestehend aus einer Hexe und ihrem Gehilfen oder einem Zauberer und seiner Gehilfin, gegen das Triumvirat anschließen konnte, aber er hatte es nicht geschafft, seine Ungeduld zu zügeln. Und weil Darius vor dieser wichtigen Aufgabe nicht hatte kapitulieren wollen, hatte er sein Leben verloren und Victoria ihren Seelenverwandten.

Victoria war das Herz schwer, als sie vom Tresen sprang und Max schnurrend und miauend um die Beine strich. Erstaunlicherweise war er zu sehr damit beschäftigt, sich um sie zu kümmern, als dass er sich auf schnellen, bedeutungslosen Sex eingelassen hätte. Stattdessen kochte er für sie und beruhigte sie mit Musik und Kerzenlicht.

Ihre darbende Seele genoss diese Aufmerksamkeit.

Eine Ewigkeit ohne Partner forderte ihren Tribut. Victoria konnte sich nicht mit Menschen verabreden, und aus der magischen Gemeinde war sie ausgeschlossen. Es gab niemanden, der auf sie wartete oder sich um sie sorgte.

Ihre Arbeit war befriedigend, und ihr Erfolg machte sie stolz, doch oft wünschte sie, sie könnte sich neben einem Mann auf der Couch zusammenrollen, dem sie etwas bedeutete. Der sie liebte. Max tat das nicht, doch war er der erste von allen gesandten Zauberern, der sich Zeit nahm, sie zu umwerben. Ein Teil von ihr schätzte seine Bemühungen; ein anderer ermahnte sie, dass er bei alledem sein Ziel verfolgte.

Also umwarb sie ihn ebenfalls und rieb sich, leise schnurrend, an seinen kräftigen Waden.

So hatte für alle ihre Jäger das Verderben begonnen. Indem sie ihnen so um die Beine strich, versprach sie ihnen herrliche Wonnen, und ihre Pheromone würzten die Luft, bis sie verrückt nach ihr waren. Dank Darius' Gabe konnte sie dafür sorgen, dass sie nicht roch, als wolle sie sich unterwerfen, sondern als wäre sie voller Verlangen, was bei dem Bedürfnis der Jäger nach Dominanz einer primitiven Herausforderung gleichkam. Im Grunde war es, als würde sie vor einem rasenden Stier mit einem roten Tuch wedeln.

»Es ist nicht so übel«, beruhigte Max sie in einem Tonfall, bei dem Victoria sich vor Wohlbehagen streckte. »Unterwerfung kann auch Freude bereiten.«

Verärgert, weil er so ungerührt blieb, stolzierte Victoria

mit steil aufgerichtetem Schwanz und hoch erhobenem Haupt davon.

Unterwerfung! Für die war sie nicht geschaffen. Sie war viel zu willensstark, zu unabhängig, um sich den Befehlen eines Mannes zu beugen. Darius hatte das gewusst und akzeptiert. Und er hatte Ausnahmen für sie gemacht, damit sie in Harmonie zusammenleben konnten.

Victoria wechselte die Gestalt und streckte sich nackt auf der Couch aus. Von seiner Warte in der Küche aus müsste Max sich nur umdrehen, dann könnte er sie sehen. Seine Selbstbeherrschung verstörte sie ebenso sehr wie die Aura von ruhiger Autorität und die eiserne Entschlossenheit in seinen grauen Augen. Er war kein Mann, der sich an seinem Schwanz herumführen ließ.

Seufzend wartete sie auf ihn. Kein Mann und auch kein Zauberer konnten einer nackten, willigen Frau widerstehen.

Max lehnte sich schwer auf die Arbeitsplatte, starrte das Schneidebrett an und atmete frustriert aus. In diesem Moment wollte er nichts lieber, als der schönen Entblößten auf der Couch all die Dinge zeigen, die er mit ihr tun könnte. Für sie tun könnte. Es bedurfte weit mehr Zurückhaltung, als er gewohnt war, nicht das Messer in die Spüle zu werfen und genau das zu tun. Ein harter, heftiger Fick würde ihr helfen, den Kummer für eine Weile zu vergessen, den er in ihr spürte.

Mit geschlossenen Augen konzentrierte er sich auf diese Andeutung von Trauer. Das Band zwischen Gehilfin und Zauberer fing stets mit einem winzigen Hauch von Erregung an. Es war früh, zu früh für eine Verbindung, doch der Ansatz war da. Er genügte noch nicht, um die Ursache ihres Unglücks zu erkennen, aber Max fühlte, dass es nicht neu war. Sie trug es schon einige Zeit mit sich herum.

Seltsam war, dass ihn gerade das besonders zu ihr hinzog, mehr noch als ihre Schönheit. Von Zärtlichkeit befeuerte Lust war eine neue Empfindung für ihn, die er so genüsslich auskosten wollte wie den ersten Schluck eines edlen Weins. Sanft und weich, erhitzte sie sein Blut, wie es ein alkoholisches Getränk tun würde.

Während er weiterkochte, hielt er an dem Gefühl für sein Kätzchen fest, nährte das Band, das er nutzen würde, um sie wieder unter die Obhut des Hohen Rats zu zwingen.

»Das Essen ist fertig«, rief er nach einiger Zeit.

Victoria blickte hinauf an die Decke und fragte sich, wie Max so gleichgültig auf ihre deutliche Einladung zum Sex reagieren konnte. Trotzig sagte sie: »Ich möchte hier essen.«

»Wie Sie wünschen«, antwortete er unbekümmert. Sie hörte, wie einer der Stühle hervorgezogen wurde, gefolgt von Besteckklappern auf Geschirr. Mit offenem Mund setzte sie sich auf.

»Hmmm …« Bei Max' genüsslichem Summen bekam sie eine Gänsehaut. Dann wehte ihr der Duft von sautiertem Ahi Thunfisch und Sahne entgegen und brachte ihren Magen zum Knurren.

Victoria stand auf und marschierte in die Küche, wo sie nur ein Gedeck sah – das, vor dem Max saß. Ganz die empörte Katze, stemmte sie die Hände in die Hüften und fragte spitz: »Was ist mit mir?«

»Möchten Sie mit mir essen?«

»Das hatte ich vor.«

Er rückte vom Tresen ab und richtete sich zur vollen

Größe auf, sodass Victoria sich winzig vorkam – erst recht, da sie nackt war. Max bot ihr seinen Stuhl an, und dass ihn ihr Körper überhaupt nicht zu interessieren schien, machte Victoria so wütend, dass sie die Fäuste ballte. Dies hier verlief kein bisschen, wie sie es geplant hatte.

Er griff nach der Gabel, spießte ein Stück fast rohen Fisch auf, tunkte ihn in Sahne und hob ihn an Victorias Lippen. Verblüfft blickte sie zu ihm auf.

»Mund auf.«

Ehe sie begriff, dass es ein Befehl war, hatte sie den Mund schon geöffnet und die Gabe angenommen. Sie war wie gemacht für ihren Gaumen. Die Aromen vermengten sich zu einem Fest für die Sinne. Max stand neben ihr und hatte eine Hand hinten auf ihren Stuhl gestützt, sodass er sie quasi gefangen hielt, während er noch einen Bissen aufnahm. Fragend sah sie ihn an.

»Es ist die Pflicht eines Zauberers, für sein Schoßtier zu sorgen.«

»Ich bin nicht dein Schoßtier.« *Trotzdem fühlte es sich wunderbar an.*

»Im Moment schon.«

So ungern sie es zugab, erregte sie sein unerschütterliches Selbstvertrauen. Ihre kleinen Brüste wurden schwer und empfindlich, die Brustwarzen hart vor Sehnsucht nach seiner Berührung. Folgsam löste er die Hand von der Stuhllehne und umfing die weiche Rundung. Die unerwartete Intimität erschreckte Victoria, und sie schnappte nach Luft. Gleichzeitig schob Max ihr den nächsten Bissen in den Mund. Langsam kaute sie, um das einzigartige Mahl zu genießen, während seine geschickten Fingerspitzen mit ihrem Nippel spielten.

»Sich unterzuordnen ist nicht dasselbe wie Schwäche«, raunte er in einem heiseren, hypnotischen Tonfall. »Du wärst nicht weniger Frau, Kätzchen, sondern viel mehr.«

Vehement schüttelte sie den Kopf, musste allerdings die Schenkel zusammenpressen, um die schmerzliche Sehnsucht zu bekämpfen, die sie nicht empfinden wollte. Wie Max ihren Nippel so sanft zwischen den Fingern rollte und an ihm zog, erhitzte ihr Blut. Als seine Erregung zunahm, erwärmte sich seine Haut, und der schwache Duft seines Eau de Cologne erfüllte die Luft. Die deutliche Wölbung seiner Erektion war auf Victorias Augenhöhe, und sie konnte nicht widerstehen hinzusehen. Die Gefahr, ihn zu wollen, und seine unverwüstliche Arroganz törnten sie so sehr an, dass sie keuchte. Hilflos bog sie den Rücken durch und bettelte um mehr.

»Es liegt in deiner Natur«, murmelte er. Sein Mund war dicht an ihrem Ohr. »Das Verlangen, genommen zu werden. Keine Wahl mehr zu haben und nur noch zu fühlen. Stell dir meine Hände und meinen Mund auf deinen Brüsten vor … meine Finger, meine Zunge und meinen Schwanz zwischen deinen Beinen … Deine einzige Aufgabe wäre, das Vergnügen zu genießen, das ich dir bereiten kann. Stell dir vor, welche Freiheit es für dich bedeutet.«

Freiheit. Unterwerfung. Diese beiden Begriffe passten nicht zusammen. Sie schlossen einander aus. Doch jedes Mal, wenn Victoria etwas erwidern wollte, füllte er ihren Mund mit Essen.

Er fütterte und streichelte sie weiter, bis sie sich auf dem Stuhl wand. Ihre Haut war heiß und angespannt, ihre Spalte cremig feucht. Max wusste alles über sie. Natürlich hatte er die Gehilfinnen genau studiert, ganz besonders sie. Es war sein Auftrag, jene zu jagen, die sich dem Hohen Rat widersetzten. Er wusste, dass sich Gehilfinnen danach sehnten, berührt und gut genährt zu werden. Trotzdem war seine Methode ungewöhnlich und erwischte Victoria deshalb unvorbereitet. Normalerweise versuchten sie, Victoria zu vögeln, damit sie sich unterwarf, und nicht, sie zu verwöhnen.

Bald war ihr Bauch voll, und eigentlich würde es sie schläfrig machen. Heute Abend aber nicht. Die brennende Lust in ihren Adern hielt sie vom Schlafen ab, auch wenn sie träge war. Fügsam. Max hob sie hoch und trug sie in ihr Zimmer, und sie konnte sich nicht dagegen wehren. Sie wollte ihn so dringend in sich spüren, wie sie atmen wollte. Trotzdem war sie nicht blöd. Mit einem leise gesprochenen Wort band Victoria seine Kräfte.

Sein Lächeln verriet ihr, dass er es bemerkt hatte. Und es war nicht irgendein Lächeln, sondern eines, das ihr versprach, dass sie dafür büßen würde.

Was sie nur noch heißer machte.

Max stellte sie auf die Füße und drehte sie so, dass er hinter ihr stand. Die Vorfreude jagte ihr Schauer über den Rücken, und ihre Atmung wurde flacher. Er packte ihr Genick und drückte Victoria nach vorn, bis sie mit dem Oberkörper über ihr Bett gebeugt war.

»Max?«

Seine Zähne schabten verführerisch über ihre Schulter, und ehe Victoria auch nur blinzeln konnte, waren ihre Hände auf dem Rücken gefesselt, und er wich zurück.

»Was soll das?« Ihr Herz raste vor Panik. Sie hatte nicht damit gerechnet, dass er sich derart schnell bewegen würde. Noch nie war sie gefesselt worden, und diese plötzliche Hilflosigkeit erinnerte sie daran, wie sie sich gefühlt hatte, als Darius inmitten der tödlichen Magiewirbel stand und sie nur nutzlos zusehen konnte. »Nein!« Victoria riss wild an den Fesseln.

»Schhh, Kätzchen.« Sein großer Körper schob sich über sie wie eine Decke, drückte sie auf die Matratze. Er stützte seine Hände zu beiden Seiten ihres Kopfes auf und schmiegte seine Wange an ihre. Seine Stimme war rauchiger denn je. »Ich werde dir nicht wehtun. Niemals.«

»Ich … Du …«

»Du kannst meine Kräfte nicht binden«, raunte er. »Du bist stark, aber nicht so stark.«

»Mir gefällt das nicht, Max.« Ihre Stimme war ein flehendes Wispern.

Dann nahm er eine Hand von der Matratze. Victoria spürte, wie sie ihren Hintern streifte, dann hörte sie, wie er den Reißverschluss seiner Hose öffnete. Erstaunt stellte sie fest, dass sie aufs Neue erregt wurde.

»Du bist so angespannt.« Er fuhr langsam mit der Zungenspitze über ihre Wirbelsäule. »Dabei musst du nur daliegen und kommen.«

Auf einmal konnte sie nichts mehr sehen. Er hatte irgendeinen Zauber benutzt, um ihr die Sicht zu rauben. Victoria wurde vollkommen still, und ihr stockte der Atem. Noch nie hatte sie sich so komplett ausgeliefert gefühlt.

Zwischen ihren Beinen brannte ein Verlangen, das sie rastlos machte. Trotz allem, was ihr Verstand ihr sagte, konnte sie nichts gegen ihren Instinkt tun.

»Sieh nur, wie bereit du bist.« Seine Finger strichen zwischen ihren Beinen entlang, glitten über den cremigen Beweis ihrer Erregung. »Es muss anstrengend sein, immerzu gegen dich selbst zu kämpfen.«

»Fick dich!«, zischte sie. Obwohl er einen sachlichen und keinen selbstzufriedenen Ton anschlug, fühlte Victoria sich nach wie vor unterdrückt und gefesselt.

Dominiert.

»Eigentlich wollte ich dich ficken. Und du wirst mir hinreichend vertrauen, um es zu genießen.«

»Ich kann dir nicht vertrauen, denn ich kenne dich nicht. Ich weiß nur, was du willst, und das ist das Gegenteil von dem, was ich möchte.«

»Ist es das?«, fragte er geduldig. »Das wirst du erst wissen, wenn ich fertig bin. Wir fangen mit Sex an und arbeiten uns dann weiter vor.«

Victoria schnaubte. »Wie originell!«

Er hielt inne, was ihr sagte, dass sie ins Schwarze getroffen hatte. Und sie glaubte, damit wäre die Sache erledigt.

Dann aber fühlte sie seine raue Jeans hinten an ihren Schenkeln. »Willst du dich nicht ausziehen?«, hauchte sie, denn ihre ohnehin schon ausgeprägten Sinne wurden dadurch, dass sie nichts mehr sehen konnte, noch schärfer.

»Nein.«

Ein Wort. Keine Erklärung. Victoria sträubte sich, erstarrte jedoch in dem Moment, in dem die Spitze seines Schwanzes ihre Klitoris streichelte.

»Spreiz die Beine weiter, Victoria.«

Sie rührte sich nicht. Einen Teufel würde sie tun, ihm auch noch bei ihrer Zähmung zu helfen, dem arroganten Mistkerl!

Er drang in sie ein, zwang ihren feuchten Schoß, sich für ihn zu dehnen, ihn in sich aufzunehmen. Nur wenige Zentimeter. Dann zog er sich zurück und rieb die nun cremige Spitze an ihr, neckte sie. Und wieder drang er in sie ein, abermals nur ein kleines Stück. Stöhnend vergrub Victoria ihr Gesicht in dem Bettüberwurf. Ihr Geschlecht zuckte und versuchte, ihn tiefer in sich hineinzuziehen, wo sie ihn brauchte.

»Wenn du die Beine spreizt, bekommst du, was du willst.«

Victoria hob den Kopf. »Ich will dich ans Bett gefesselt, damit ich dich quälen kann. Nicht umgekehrt.«

Sein tiefes Lachen ließ sie erschauern. Tatsache war, egal was Max tat oder sagte, es zog sie zu ihm. »Aber das würde dir nicht annähernd so viel Spaß machen wie dies hier.«

»Zur Hölle mit deinen Spielen, Max. Können wir nicht einfach ficken?«

»Ich möchte dich auf diese Weise ficken, genau in dem Winkel, wie ich dich brauche.«

»Und was ist mit dem, was ich brauche?«, beschwerte sie sich.

»Du willst dasselbe, Kätzchen. Du wünschst dir bloß, dass es nicht so wäre. Du bist so stramm, deine Möse ist wie eine samtene Faust. Ich werde mich in dich hineinarbeiten müssen …«

Max wartete mit jener unglaublichen Geduld, die er schon vom ersten Moment ihrer Begegnung an bewies, während seine Schwanzspitze ihre Öffnung weitete. Victorias verräterischer Körper verlangte mit einem sanften Beben nach ihm. Sie war feucht und heiß – mehr als bereit.

Für einen Moment überlegte sie, die Gestalt zu wechseln und wegzugehen, aber dann würde sie keinen Sex mit Max haben, und das ging schlicht nicht. Also schluckte sie ihren Stolz herunter und machte die Beine breit. Max würde später hierfür bezahlen.

Sofort drang er in sie ein, tief und noch tiefer, bis sie keine Luft mehr bekam, nicht mehr denken konnte, und jede Faser von ihr auf den Schwanz fixiert war, der sie vollständig ausfüllte.

Nach Atem ringend, bog sie den Rücken durch, als seine kurzen Fingernägel leicht über ihre Hüften kratzten. Er lehnte sich über sie, dominierte sie. Sein Bauch, an dem sich die Muskeln wölbten, berührte ihre gefesselten Hände, und sie fühlte, dass sein T-Shirt feucht war vor Schweiß.

Der Zauberer hatte sich also doch nicht so unter Kontrolle, wie er vorgab.

Victoria raffte alles zusammen, was sie an Kraft besaß, krallte die Hände in sein T-Shirt und zog ihn an sich.

Max hatte wieder beide Hände auf die Matratze aufgestützt und begann, seinen Schwanz mit langen, tiefen Stößen in ihr zu versenken. Der Winkel, in dem er eindrang, sorgte für einen erregenden Druck in ihr, und er variierte seine Stöße, sodass sie mal steiler, mal flacher ausfielen. Es war wie eine geniale inwendige Massage.

Seine Hüften wiegten sich langsam und viel zu sachte in einem gemessenen Rhythmus. Da Victoria nichts sehen konnte, stellte sie sich vor, wie es aussehen musste: Max, der vollständig bekleidet war, dessen Pobacken sich anspannten und lockerten, während er ihren gefesselten Leib fickte. Sie erbebte und fing an zu schnurren. Er antwortete ihr mit einem Knurren, dessen Vibrationen durch seinen Körper bis in seinen Schwanz fuhren.

»Fühlst du dich schwach?«, fragte er kehlig. »Fühlst du dich klein, weil dein Körper meinem Vergnügen dient und nicht deinem eigenen?«

Sie wollte kontern, mit ihm streiten, sich gegen ihn

wehren, doch das konnte sie nicht. Es fühlte sich zu gut an, nichts zu tun, außer zu nehmen, was er ihr gab. Sie war schließlich eine Katze und folglich von Natur aus faul.

»Von Natur aus unterwürfig«, korrigierte er. Dann griff er mit einer Hand nach ihrem Oberschenkel und zog ihn weiter zur Seite, damit er noch tiefer in sie hinein konnte. Nun schlugen seine Hoden bei jedem seiner Stöße gegen ihre Möse.

Er hat meine Gedanken gelesen, dachte sie mit dem noch funktionstüchtigen Teil ihres Gehirns.

Die Zähmung hatte begonnen.

Mit einem leisen Fauchen spannte sie die Muskeln um ihn herum an. Er fluchte und erschauerte. Ja, sein Körper verriet ihn.

Prompt wurde Victoria klar, dass er genauso hilflos war wie sie. Sie hatte versucht, ihn mit ihrem Körper zu verlocken, und er hatte sich ergeben. Aller Kontrolle zum Trotz, die er nach außen hin demonstrierte, hatte Max für den Abend völlig andere Absichten gehabt und sich von ihnen verabschiedet zugunsten einer Lust, die er nicht leugnen konnte. Und nun umfasste er mit seiner einen Hand ihre Hüfte, spannten sich seine Schenkel an ihren und hallte sein angestrengter Atem durch das Zimmer.

Diese unerwartete körperliche Faszination hatte nicht nur Victoria allein erfasst, und so entspannte sie sich und sackte stöhnend aufs Bett. Dies war keine Ergebung. Es war ein Patt.

Victorias Mundwinkel hoben sich zu einem katzenartigen Grinsen.

3

Max hob den Kaffeebecher an seine Lippen und blickte über den Rand hinweg durchs Fenster zum St.-John-Hotel, gleich gegenüber. Er atmete gleichmäßig und konzentrierte sich darauf, seinen Geist zu klären. Erregung und Vorfreude wüteten in ihm, und er musste sie bändigen. Kontrollieren.

Wo war nur seine Selbstkontrolle? Es ließ sich nicht abstreiten, dass er in Victorias Nähe von Gier angetrieben wurde, nicht von seinem Auftrag.

Sein Kätzchen war eine Tigerin im Bett, die sich mit hemmungslosem Eifer rollte, ihn kratzte und biss. Sie ans Kopfteil des Betts zu fesseln war ein notwendiges Vergnügen gewesen. Und er hatte es im Laufe der letzten zwei Wochen oft wiederholt.

Mir gefällt das nicht, Max, hatte sie jedes Mal gesagt. Doch an ihren harten Nippeln unter seiner Zunge hatte er erkannt, dass das nicht stimmte. Sie hatte gejammert, geflucht und sich gewunden, und allein der Anblick hatte ihn immer wieder so hart gemacht, dass er die Zähne hatte zusammenbeißen müssen, um seine Lust zu zügeln. Letztlich hatte er es aufgegeben und sie über Stunden gevögelt, weit über ihrer beider Erschöpfung hinaus, und seinen Auftrag zugunsten überwältigender Wonnen vergessen.

Was der Hohe Rat wusste.

Deine ausbleibenden Fortschritte missfallen uns, hatten die Mitglieder des Rats erst vor einer Stunde geklagt.

»Ihr gebt mir zu wenig Zeit«, hatte er erwidert.

Wir halten keine Zeit für ausreichend, um die Verwilderte zu zähmen. Sie ist jenseits jeder Wiedereingliederung in die magische Gemeinde.

»Ist sie nicht!« Er atmete stoßartig aus. »Noch nie zuvor habt ihr mich so gehetzt, und sie ist der schwierigste Fall, den ich je hatte.«

Jahrzehnte sind vergangen. Unsere Geduld ist erschöpft.

Max wandte sich fluchend vom Fenster und der Erinnerung ab, schnappte sich seine Jacke und verließ das Café. Die Zeit war soeben abgelaufen, und in diesem Fall durfte er nicht versagen. Es käme ihn teurer zu stehen als der Verlust seines Stolzes. Victoria würde es das Leben kosten.

Er überquerte die belebte Durchgangsstraße und betrat das St.-John-Hotel durch die Glasdrehtür, wobei er wartete, bis sie mitten in der Drehung war, bevor er seine Kräfte nutzte, um sich in den obersten Stock zu versetzen, wo Victoria bei der Arbeit war. Bei dem Gedanken an sie an ihrem Schreibtisch wurde sein Schwanz hart. Max bewunderte intelligente Frauen, und Victoria war gerissener als die meisten anderen. Außerdem war sie eine richtig harte Nuss.

Wirklich verwundbar war sie eigentlich nur unmittelbar vor dem Orgasmus, deshalb hielt Max sie immer wieder in dieser Phase und sog den plötzlichen Fluss ihrer Gedanken und Erinnerungen in sich auf. Dann fühlte er die Liebe, die sie für Darius empfunden hatte, und ihre Trauer um ihn. Diese Einblicke in ihre Seele trieben ihn verlässlich in den Orgasmus, weil er sich ihr so tief verbunden fühlte, dass es ihm den Atem raubte.

Er biss die Zähne zusammen, als sein Schwanz noch weiter anschwoll. Seit er Victoria kannte, war er schon öfter gekommen, als er es für möglich gehalten hätte. Deshalb hatte er so wenige Fortschritte gemacht. Eine anständige Zähmung erforderte Zurückhaltung vonseiten des Jägers. Er hätte sich seine Erleichterung andernorts suchen müssen, sein Verlangen bändigen. Nur reizte ihn keine andere Frau.

»Guten Tag, Mr. Westin«, begrüßte ihn die Empfangssekretärin mit einem verlockenden Lächeln.

Er schnippte mit den Fingern, und ihre Erinnerung an seinen Besuch hier war gelöscht. Sie würde sich nur noch entsinnen, dass ihre Chefin nicht gestört werden wollte, alle Anrufe notieren und keine Besucher vorlassen, bis sie anderweitig instruiert wurde.

Max betrat Victorias Büro und aktivierte dabei einen simplen Blendzauber, der verhinderte, dass von außen irgendetwas von dem, was in dem Büro vor sich ging, zu sehen war.

Sie blickte auf, zog eine Braue hoch und legte ihren Kugelschreiber ab. »Max.«

Mehr nicht. Nur sein Name, aber geäußert mit diesem sanften Schnurren, das wie ein Aphrodisiakum wirkte und gegen das Max längst nicht so immun war, wie er es sein sollte.

»Hallo, Kätzchen.« Er lächelte, weil er den Schauer fühlte, der sie durchfuhr. Sie war ebenso wenig immun gegen ihn wie er gegen sie.

»Ich habe zu tun.«

»Ja, das wirst du«, stimmte er ihr zu, stellte seinen Kaffee ab und zauberte eine wunderschön verpackte Schatulle auf den Schreibtisch.

Bei Victorias sinnlichem Lächeln wurde ihm heiß. »Ein Geschenk? Wie reizend.«

Mit langen, eleganten Fingern zog sie an dem durchscheinenden lavendelblauen Band und riss das dunkelblaue Papier ab. Darunter kam ein längliches Holzkästchen mit aufwendigen Schnitzereien zum Vorschein. Max beobachtete, wie Victoria über den Satz strich, der den Deckel zierte: *Nur in meinen Fesseln wirst du wahre Freiheit erfahren.*

Victoria sagte nichts, doch Max beobachtete sie mit der Aufmerksamkeit eines Jägers und bemerkte, dass sich ihre Brustwarzen unter der weißen Seidenbluse aufrichteten. Dann zog sie seine Aufmerksamkeit auf das Set samtbezogener Nippelklemmen, die mit einer zarten Goldkette verbunden waren, indem sie ihm selbige vor die Nase hielt.

»Ich hatte mich schon gefragt, wann du zu den Spielsachen kommen willst«, sagte sie ein klein wenig atemlos. »Du hast länger gewartet als die meisten anderen.«

Die Andeutung, dass er nichts Besonderes war, nur einer in einer langen Reihe von Plagen, weckte seinen Zorn. Ein Luftwirbel fegte durch den Raum, verwehte die Papiere auf dem Schreibtisch und schleuderte Victoria nach hinten. Max schritt auf sie zu, die Augen verengt, ehe er rasch die Hand zur Faust ballte, sodass der Luftstrom versiegte.

Unmittelbar vor der Fensterwand kam Victoria zum Stehen. Ihre grünen Augen waren weit aufgerissen, ihr Mund leicht geöffnet unter ihren schweren Atemzügen, und ihre Brust hob und senkte sich. Sie wirkte ängstlich, doch Max wusste, dass es nur intensive Erregung war. Er konnte Victoria in seinen Gedanken fühlen, denn das Band zwischen ihnen wurde beständig stärker, je mehr Zeit sie zusammen verbrachten. Ihre innere Energie, eine Mischung aus Magie und Gehilfinnenzauber, provozierte eine überwältigende Lust in ihm, sodass er stöhnte. Nie im Leben hatte er so für eine Frau empfunden. Es fühlte sich beinahe an, als hätte er das fehlende Teil eines Puzzles gefunden. Seine Fingerspitzen kribbelten von der Magie, die ihn durchfuhr – und die durch Victorias Nähe noch verstärkt wurde.

»Kätzchen«, knurrte er, als er bei ihr war. Er tauchte die Hände in ihr kurzes Haar und presste sie mit dem Rücken gegen die Scheibe, wobei ihre Füße einige Zentimeter über dem Boden waren und Victoria auf Augenhöhe mit ihm.

Schnurrend schmiegte sie sich an ihn, sodass er ihren silbernen Ohrring an seiner Wange fühlte, wo er zunächst kühl, dann viel zu heiß war. Max trat zurück. Seine Kraft hielt Victoria an dem Fenster, wie eingefügt in die Stadtsilhouette hinter ihr. Mit gehobenen Armen streckte sie ihm ihre Brüste entgegen, lieferte sich ihm aus. Nur hier, wo ihr Einfluss besonders stark war, könnte eine wahre Zähmung stattfinden. Hier herrschte Victoria. Bis Max kam.

Diese Lektion musste sie lernen.

Während er sein Hemd aufknöpfte, taten seine magischen Kräfte dasselbe mit Victorias Bluse. Er lächelte, als er spürte, wie sich sein Gürtel löste. Dass sie ihre eigenen Kräfte nutzte, um ihn zu entkleiden, freute ihn.

»Eine Nummer am Mittag?«, fragte sie und benetzte sich die Lippen.

»Den ganzen Nachmittag«, korrigierte er und streifte sein Hemd ab.

»Du bist unersättlich.«

»Dir gefällt es.«

Max beobachtete voller Vorfreude, wie sich der Verschluss vorn an ihrem BH öffnete. Die Nippelklemmen hoben sich vom Fußboden und schwebten zu ihren Brüsten. Der plötzliche Druck entlockte Victoria ein leises Fauchen, und sie biss die Zähne zusammen. Beim Anblick der blassen, festen Brüste mit den geschwollenen und geröteten Brustwarzen, zwischen denen die dünne Kette hing, musste Max seinen Schwanz befreien.

»Oooh, Max«, schnurrte Victoria und bewegte sich sinnlich an dem Fenster, als er seine Hose fallen ließ. »Was hast du für einen großen Schwanz.«

Er schenkte ihr sein Wolfsgrinsen und genoss es, dass sie trotz ihrer Hilflosigkeit noch verspielt war. »Damit ich dich besser vögeln kann, meine Liebe.«

Der Reißverschluss an ihrem dünnen Rock öffnete sich, und das Kleidungsstück fiel zusammen mit ihrem schwarzen Spitzentanga auf den Teppichboden, wobei ihre hohen Schuhe gleich mit abgestreift wurden. »Sobald ich«, er zauberte den restlichen Inhalt des Holzkästchens herbei, »dich hiermit gevögelt habe.«

Victoria schluckte angesichts des leicht gebogenen Dildos in seiner Hand. Er war lang und dick, in Größe, Form und Farbe Max' Schwanz nicht unähnlich. Ohne den Blick von Victoria abzuwenden, bestrich er den Dildo großzügig mit Gleitcreme.

Victoria schmollte. »Das Ding will ich nicht. Ich will dich.«

Max stockte für einen Moment, ehe er sich rasch auf sie zubewegte und gierig ihren Mund einnahm, womit er sie von dem sich festigenden Band zwischen ihnen ablenkte.

Ich will dich. Es waren simple Worte, doch für Victoria könnten sie gefährlich werden. Sie entsprachen nicht ganz dem »Brauchen«, das nötig war, um das Halsband herbeizubeschwören, waren jedoch nahe genug dran, dass Max eine neue Dringlichkeit überkam. Eigentlich sollte er einzig Triumph empfinden, doch da war mehr. Viel mehr.

Dies hier hatte er sich erhofft. Es war das Ergebnis, das er erreichen wollte, nur hatte er nicht erwartet, dass es so schnell geschah. Er war sicher gewesen, sie zunächst in den Wahnsinn treiben zu müssen. Anders als bei allen anderen Gehilfinnen, die er gezähmt hatte, konnte er es aber nicht tun, solange er in ihr war. War er mit Victoria verbunden, verschwand der Hohe Rat aus seinen Gedanken, und es blieben bloß sie beide, die sich ineinander verloren. Dann interessierten Max nur noch seine eigenen Bedürfnisse, und der Rat konnte zur Hölle fahren.

Er atmete ihren Duft tief ein, schloss die Augen und hob und senkte die Brust an ihrer, während seine Finger zwischen ihre Beine glitten und ihre Klitoris rieben. Max wollte sie besitzen. Den ganzen Morgen schon, seit er gegangen war, wollte er sie, und schon die wenigen Stunden, die sie getrennt gewesen waren, fühlten sich zu lang an. Da er wusste, dass ihre gemeinsame Zeit begrenzt war, wollte er jeden Moment auskosten und hasste es, sie mit ihrer Arbeit oder jemand anderem zu teilen.

Respektlos, unverschämt, verschlagen – sie war eine Katze durch und durch. Sie beruhigte und befeuerte Max, und dieser Widerspruch war in jeder Hinsicht befriedigend für ihn.

Doch er bereitete sie für einen anderen Mann vor.

Bei diesem Gedanken schmerzte sein Kiefer, und seine

Brust verengte sich unangenehm. Er verdrängte die Vorstellung und konzentrierte sich auf das Hier und Jetzt. Wenigstens würde sie leben. Wenn er sie schon verlieren musste, dann lieber an einen anderen Zauberer als an den Tod.

Sie wimmerte an seinem Mund, als er ihre feuchte Möse streichelte, und versuchte, sich zu bewegen, konnte aber nichts gegen die Kraft ausrichten, die sie festhielt. »Max«, hauchte sie. »Lass mich dich anfassen.«

Er schüttelte leicht den Kopf, weil er den Kuss nicht unterbrechen wollte.

»Ich will dich berühren, verdammt!« Sie drehte das Gesicht zur Seite.

»Du solltest wollen, was *ich* will.« Seine Stimme war rau und schroff. »Mein Vergnügen ist deines. Mein Hunger ist deiner.«

»Ist deine Lust auch meine?«, fragte Victoria leise und musterte den großen Mann vor sich prüfend. Sie hörte seine Zähne knirschen, und seine Hand verschwand.

Seine Verführung war von einer Dringlichkeit wie nie zuvor. Dass er tagsüber zu ihr kam, obwohl sie sich sowieso in wenigen Stunden gesehen hätten …

Sie rang nach Luft. Wie oft ertappte sie sich bei Tagträumen von ihm, durchlebte in Gedanken die letzte Nacht? Jeden Abend kochte er für sie und fütterte sie. Er duschte sie, wusch ihr das Haar. Es gab grobe Momente, ebenso wie zärtliche. Momente hitziger Leidenschaft – wie beispielsweise jenen, als er durch ihre Haustür kam, sie zu Boden zog und mit kehligen Schreien sowie berauschenden Stößen seines schönen Schwanzes begrüßte. Nie bat er um Erlaubnis. Er nahm sich, was er wollte, als wäre es sein Recht, ihren Körper zu benutzen.

Seine Aufmerksamkeit hatte sie verführt, weil sie Victoria an die intime Bindung zwischen Zauberer und Gehilfin erinnerte. Doch auch die Frau in ihr war von ihm gebannt. Als Mensch verfügte sie über große Macht. Sie war verantwortlich für Tausende Mitarbeiter, die unter ihrem Kommando standen. Sich ganz Max' dominanter Art zu ergeben war eine gewisse Erleichterung und Wohltat. Darius hatte sie als seinesgleichen behandelt. Max ließ sie nie vergessen, dass er die Macht hatte.

Jetzt aber verrieten seine Worte ihn und enthüllten die Tiefe seiner Zuneigung.

Du solltest wollen, was dein Meister will. Sein Vergnügen ist deines. Sein Hunger ist deiner. Sein Verlangen ist deines.

Max hatte sich zu ihrem Meister gemacht. Und ihr Verlangen danach, ihn zu akzeptieren, war fast überwältigend.

In seiner Gegenwart verschwand jene Rastlosigkeit, die Victoria schon so lange plagte. Sie war nicht allein, wenn sie mit Max zusammen war. Neben Darius war er der einzige Mann, der ihr jemals dieses Gefühl gegeben hatte. Sie hatte endlich wieder ein bisschen zugenommen, fand Freude daran, ihre Mahlzeiten und ihr Leben mit jemandem zu teilen, der sie glücklich sehen wollte. Und das war sie, weil er dafür sorgte. Ja, in ihrer Beziehung hatte seine Befriedigung Vorrang, aber was Max zufriedenstellte, machte ihr Spaß.

Victoria sah ihn misstrauisch an, als er näher kam. Der vom Gel glänzende Dildo zielte direkt zwischen ihre Beine. Max beugte sich vor und leckte über ihre Lippen. »Öffne dich, Kätzchen.«

Sie sträubte sich trotzig. »Bring mich dazu.«

Mit einem kleinen Schwenk seiner Hand wirkte er die Magie, die ihre Beine auseinanderzwang. Sie wurde feuchter und weicher, weil ein verräterischer Teil ihrer natürlichen Anlagen die Zähmung genoss, wohlwissend, dass sie im Begriff war, über alle Maßen erfreut zu werden, ohne irgendetwas tun zu müssen.

»Sieh nur, wie feucht du bist«, lobte Max sie und fuhr mit der weichen Spitze zwischen ihre Schamlippen. Er presste den Mund an ihr Ohr und flüsterte: »Du liebst einen harten Schwanz in dir.«

»Ich liebe *deinen* harten Schwanz in mir.« Sie keuchte, und ihr Schoß zog sich zusammen, als wolle er den dicken Stab einfangen, mit dem Max ihre Öffnung neckte.

»Lass uns vorher spielen«, raunte er und schob den Dildo ein kleines Stück in sie hinein.

Victoria wollte ihm mit ihren Hüften entgegenkommen, konnte es aber nicht. »Max!«

»Schhh. Ich gebe es dir ja.« Mit einigen gezielten Drehungen seines Handgelenks schob er das Ding sanft in sie hinein, während seine andere Hand die Kette zwischen ihren Brüsten einfing und leicht an ihr zog.

Ein tiefer Schmerz baute sich in ihren Brüsten auf, breitete sich in ihrem Oberkörper aus und brachte sie zum Schreien.

»Ganz ruhig«, murmelte er, stieß sachte zu und schob den Dildo mit atemberaubendem Geschick schließlich ganz in sie hinein.

Sie blickte ihm in die Augen, weil sie verstehen wollte, warum er sie auf diese Weise nahm und was er von ihr wollte, damit sie es ihm geben konnte, doch sie erkannte es nicht. Ihre Augen fielen zu, und ihr Körper erschauerte vor Wonne, als er sie mit langen, geschmeidigen Stößen bearbeitete.

»Bitte«, flüsterte sie. Ihre heiße Wange hatte sie an das kühle Glas gepresst.

»Bitte was?« Seine Zunge strich über einen ihrer eingeklemmten Nippel, bevor sich sein Mund um die Klemme und die Brustwarze schloss und im Rhythmus der Stöße zwischen ihren Beinen an ihr sog.

»Ich will dich.«

Max gab ihre Brust frei und erhöhte das Tempo. Victoria wiegte die Hüften, so gut sie konnte, schrie verzweifelt. Ihre Klitoris war geschwollen und sehnte sich pochend nach der Berührung, die sie in den Orgasmus katapultieren würde. Tief in ihr strich der Dildo an den Wänden ihrer Scheide entlang, und hilflos warf Victoria den Kopf hin und her – das einzige Körperteil, das sie bewegend durfte.

Stöhnend lehnte Max sich gegen sie. Ein feiner Schweißfilm bedeckte seine Haut. Er leckte über ihre Ohrmuschel und steckte die Zunge in ihr Ohr.

»Willst du mich nicht, Max?«, keuchte sie. Sie brauchte dringend ihren Höhepunkt, musste sich bewegen und mehr haben, als ihr ein falscher Schwanz jemals geben könnte.

»Du machst mich wahnsinnig.« Er neigte seine verschwitzte Stirn an ihre Wange.

»Ist das ein Ja?«

Falls es das war … falls er die Verbindung spürte, die sie fühlte … Was würde sie nicht alles geben, um ein zweites Mal Liebe zu finden. Vielleicht wäre es am Ende nicht mit Max, aber näher als jetzt war sie diesem Gefühl in über zwei Jahrhunderten nicht gekommen.

Plötzlich war seine andere Hand an ihrem Hals, sein Mund auf ihrem, und er stemmte die Knie gegen das Fenster, um sich abzustützen, während er weiter mit dem Dildo in sie stieß.

Gib mir, was ich will.

Die Verschmelzung seiner Gedanken mit ihren war alles, was sie an Ansporn brauchte. Teil der Zähmung war seine Fähigkeit, ihre Gedanken zu lesen, doch dass sie auch seine las, bedeutete, dass die Verbindung beidseitig war.

Alle Anspannung wich aus ihrem Körper. Ihr Geschlecht zog sich zusammen vor Verlangen, griff gierig nach dem, was es *brauchte* …

»Bitte«, hauchte sie. Sie sehnte sich danach, ihn zu halten. »Ich brauche dich.«

Max neigte ihren Kopf nach hinten, und keine Sekunde später erschien das Halsband. Das dünne schwarze Band sah so unspektakulär aus, und dennoch fesselte es sie wirkungsvoller, als es Ketten könnten. Es würde verblassen, wenn sie mit einem Zauberer gepaart war, zu einem Teil von ihr werden, genauso wie ihr neuer Meister.

Der Anblick des Halsbands und die Unterwerfung, für die es stand, trieben einen Tropfen Vorerguss aus Max' schmerzendem Schwanz. Jede Zelle seines Körpers erblühte vor maskulinem Triumph. Er zog den Dildo aus Victorias Möse, warf ihn beiseite und befreite Victoria von seinem Zauber, um ihren schlaffen, willigen Körper schützend zu umarmen.

Fast hatte er nachgegeben, so sehr hatte er sie gewollt. Zu spüren, wie ihr Schoß nach ihm gierte, hatte ihn verrückt gemacht. Das Einzige, was ihn zurückhielt, war seine Sorge um sie gewesen. Würde es ihm nicht gelingen, sie wieder in die Gemeinschaft zurückzuholen, würden die sie umbringen. Und das wäre sein Tod.

Max hielt sie fest und benutzte seine magische Kraft, um sie nach Hause zu bringen – in seine Wohnung. Dort legte er sie behutsam auf sein samtbedecktes Bett. Dann umfing er ihre Schenkel und spreizte sie weit. Ihre feucht glänzenden Schamlippen und die winzige Öffnung zu sehen machte seine Hoden hart. Und bei dem Ausdruck in ihren Augen schmerzte ihm die Brust.

Stunden. Mehr hatten sie nicht.

Er kam über sie, bewunderte die neuen Kurven, die sie bekommen hatte. Unter seiner Fürsorge waren alle Anzeichen von Vernachlässigung verschwunden. Als er ihr eines Handgelenk einfing und über ihren Kopf zog, wich sein Blick nicht von ihren Augen. Mittels Magie fesselte er sie mit einem Samtband an den Bettpfosten.

»Max.« Ein Flüstern, mehr nicht, bevor sie den anderen Arm hob und ihn genauso fesselte.

Victoria war die stärkste Frau, die Max kannte, sowohl in ihrer Welt als auch in der, die sie mit den Menschen teilten. Dass sie sich trotz ihrer Macht seinen Forderungen unterwarf, war ein enormes Geschenk, das an Max' Innerstes rührte. Seine Augen brannten, und ihm wurde die Kehle eng.

Sein Kätzchen. *Sein.*

Dann nahm er sie mit einem schnellen Stoß, der sie vollständig, untrennbar vereinte. Ein rauer Laut entfuhr ihm, als Victoria sofort kam und ihr Schoß bebend seinen Schwanz molk. Mehr war nicht nötig, damit er heftig in ihr kam. Er hielt ihren zitternden Körper fest an seinen gedrückt, pumpte sanft weiter und ergoss seinen Samen in sie, während er ihr Vergnügen verlängerte und verzückt ihren Schreien lauschte.

Später verwob er seine Finger mit ihren und fickte sie abermals, auf die Weise gemeinsam mit ihr ans Bett gebunden. Diesmal nahm er sie härter, gab all seine Leidenschaft in die brutalen Stöße, mit denen er seinen Schwanz tief in ihr versenkte.

»*Ja ... ja ... ja ...*«

Sie nahm alles, was er war, erblühte wie eine Blume unter ihm, üppig und vielversprechend. Wohin er sie mitnehmen könnte, was er sie lehren, welche Freiheit er ihr schenken könnte ...

Aber er war ein Jäger, der in den Hohen Rat aufsteigen sollte, und die Mitglieder des Rats hielten sich keine Gehilfinnen.

Also nahm Max sich, was er konnte, bearbeitete ihre Brüste mit Zunge und Lippen, sog gierig an ihnen und spürte die harten Nippel an seinen Gaumen. Seine Hände hielten Victoria unten, damit sie sich unter dem steten Heben und Senken seiner Hüften nicht rühren konnte. Mit seinem Schwanz bescherte er ihr endloses Vergnügen, gönnte ihr keine Ruhe, weil er es nicht wagte, sie nicht mehr zu berühren. Er fürchtete sich davor, sie zu verlieren.

Behalte sie.

Diese Idee kam so unerwartet, dass Max aus dem Takt kam und tief in ihr innehielt, sodass ihn ihr heißer Schoß umfing.

»Nein!«, schrie sie und wand sich unter ihm. »Hör nicht auf. Bitte ...«

Wie könnte er sie verlassen? Sie hatte das Leben geopfert, das sie sich aufgebaut hatte, um in seines zu treten.

Dasselbe würde er für sie machen. Er *musste* es für sie tun.

»Niemals«, knurrte er, presste sie an sich und machte weiter, seine erhitzte Wange an ihrer. »Ich werde nie aufhören. Du bist mein. *Mein.*«

Victoria beschwor den schwarzen Umhang herbei, den die Gehilfinnen trugen, wenn sie sich dem Hohen Rat stellten. Schweigend zog sie sich an. All die Jahre hatte sie das Kleidungsstück aufbewahrt für den Tag, an dem sie vor dem Rat stehen und Rache üben würde. Nun legte sie den Umhang zu einem ganz anderen Zweck an.

Während sie sich zum Gehen bereit machte, blieb ihr Blick auf die schlafende Gestalt im Bett gerichtet. Max' starker Körper war bäuchlings ausgestreckt und nur bis zu den Hüften von rotem Satin bedeckt. Umwerfend.

Sie sehnte sich danach, ihn zu berühren, ihn zu wecken und ein letztes Mal in diese silbergrauen Augen zu sehen.

Wie gefährlich er selbst im Schlaf war.

Unwillkürlich kamen ihr die Tränen.

Als er sich in ihr verlor, hatte er seine Schutzschilde heruntergenommen, sodass sich seine Gedanken und Gefühle, diese Mischung aus zerstörerischer Sehnsucht und Zuneigung, in sie ergossen hatten. Max war gewillt alles aufzugeben, wofür er gearbeitet hatte, um sie zu behalten, und das konnte Victoria nicht zulassen.

Lieber verlor sie ihn, indem sie das Weite suchte, als an den Tod.

Sie bedeckte ihren Mund, um ihren Schmerz zu ersticken, und ging.

4

Beim Aufwachen aus den Tiefen schierer körperlicher Erschöpfung wusste er gleich, dass sie fort war. Ihre Verbindung sorgte dafür, dass er Victoria in sich gespürt hatte, seit das Halsband erschienen war. Nun war die Wärme verschwunden, die sie ihm gab, und ihm wurde kalt.

Aber er war nicht allein.

Wieder einmal hast du unsere Erwartungen übertroffen, sagte der Hohe Rat, hörbar zufrieden. *Die Gehilfin ist wieder in unserer Obhut und sagt, ohne deine Macht und dein Können wäre es nie denkbar gewesen. Wir sind erfreut.*

Max rollte sich aus dem Bett und zog sich eine weite Hose an. Sein Herz raste vor Panik. »Wo ist sie?«

Sie bereitet sich auf die Vereinigungszeremonie vor.

»*Was?*« Er stockte, sah zur Uhr neben seinem Bett und ballte die Fäuste. Vor zwei Stunden erst war er bis zum Anschlag in ihr gewesen, und jetzt band sie sich für immer an einen anderen? »Was soll die verdammte Eile? Ich habe ihr eben erst das Halsband angelegt, und das Training war noch nicht beendet.«

Wie konnte sie?

Rasende Wut packte ihn.

Wir hatten das Gefühl, es wäre am sichersten und effektivsten, sie schnell einem Partner zuzuteilen. Ihr Zauberer wird sie seinen Ansprüchen entsprechend trainieren.

Wer ist es?

Gabriel wurde ausgewählt. Er ist als Einziger stark genug, abgesehen von dir.

Max' Kiefer tat weh, so kräftig biss er die Zähne zusammen. Gabriel war mächtig, galt als gut aussehend und war bei den Damen so beliebt wie Max. Nur hielt sich der andere Zauberer vom dunklen Feld der Magie fern, was Max als Schwäche wertete. Für Gabriel gab es eine Grenze, die er nicht überschritt, und das machte ihn fehleranfällig. Eine derartige Schwäche ließe Victoria zu viel Spielraum. Sie brauchte eine feste Hand. Nach der sehnte sie sich. Max hatte nur eine Schwäche, und die brauchte er, um sie zu kontrollieren.

Victoria selbst.

Es existierte keine Grenze, die er nicht übertreten würde, um seine Ziele zu erreichen.

Das bewies er, indem er sein Zuhause, seine Ambitionen und das ihm vertraute Leben aufgab, um ihr nachzujagen.

Victoria starrte ihr Spiegelbild an, während die Zofen ihre Gewänder für die bevorstehende Zeremonie richteten. Ihre Augen waren rot gerändert und blutunterlaufen von Schlafmangel und zu vielem Weinen.

Sie hatte vergessen, wer Max war, ihn nur mit ihrem verliebten Blick gesehen und darüber verdrängt, dass er ein Jäger war und im Begriff, in den Hohen Rat aufzusteigen. Er hatte Jahrhunderte auf dieses Ziel hingearbeitet und mit ihr nur zwei Wochen. Sie zu zähmen war einer von vielen Aufträgen gewesen, die er ausgeführt hatte; und es würden neue kommen. Mit der Zeit würde er sie vergessen.

Der Gedanke brach ihr das Herz, und der Schmerz war so stechend, dass sie keuchte.

Sie scheuchte die anderen fort, klammerte sich an die Kante der Frisierkommode und rang nach Luft. Sie war schon zu lange eine Außenseiterin, daher hatte sie keine Ahnung, wer Gabriel war, aber die Zofen hatten geschwärmt, was für ein Glück sie habe. Ja, sie würde um den Mann trauern, der ihren Körper eingenommen und mit atemberaubenden Wonnen erfüllt hatte, aber vielleicht könnte sie sich in ein oder zwei Jahrzehnten dazu bringen, Gabriels Berührungen zu ertragen …

»Das wirst du nie erfahren, Kätzchen«, erklang eine tiefe, vertraute Stimme hinter ihr.

Sie sah auf und in gewittergraue Augen.

»Max«, hauchte sie. Bei seinem Anblick bekam sie feuchte Hände. Er war barfuß und trug nur eine weite Hose. Seine Schultern waren breit, seine goldene Haut spannte sich über wunderschön geformten Muskeln. Ein Raubtier.

Victorias Mund wurde trocken, und ihre Brüste schwollen an vor Verlangen, als hätte er sie nicht erst vor Stunden bis zur totalen Erschöpfung gevögelt.

Mit langen, geschmeidigen Schritten kam er auf sie zu. Sein Blick machte es Victoria unmöglich, sich zu bewegen. Sie vergaß zu atmen, bis ihre Lungen brannten, dann stieß sie einen stummen Schrei aus, als sie seine Hand an ihrem Hinterkopf spürte. Seine starken Finger krallten sich in ihr Haar und zogen grob daran. Er beugte sie seinem Willen. In einem Nebel aus Furcht und Verlangen blickte sie zu ihm auf, und die Wut in seinen Zügen versetzte sie in Angst. Und erregte sie.

»Ich behalte dich«, sagte er rau, bevor er ihren Mund mit einem besitzergreifenden Kuss einnahm.

Hatte sie eben noch geglaubt, ihn für immer verloren zu haben, sank sie nun in seine Arme. Er hielt sie und zog sie hoch. Sein Atem ging schwer, als er den Kopf drehte und seine Wange an ihrer rieb, um die Tränen fortzuwischen.

»Der Hohe Rat wird dich bestrafen«, brachte sie mit zitternder Stimme hervor. »Ich ... ich ertrage es nicht, dich zu verlieren.«

»Aber das hättest du beinahe.« Er tauchte seine Zunge in ihren Mund, brachte sie zum Stöhnen, und sie öffnete sich ihm, bettelte stumm um mehr. Er gab es ihr stöhnend, streichelte ihre Zunge mit solcher Fertigkeit, dass es Victoria den Atem verschlug. Sein einer Arm stützte ihren Rücken, während er mit der freien Hand ihre Brust umfing und sie mit dem aggressiven Druck knetete, den sie zu lieben gelernt hatte.

»Lass mich das Werkzeug deiner Rache sein«, flüsterte er finster, wobei sich seine Lippen auf ihren bewegten.

Ein Geschenk. Für sie.

Victoria schluckte angestrengt. Sie war perplex ob seines Angebots und dessen Folgen. »Max.«

Er sah ihr in die Augen. »Du hast deine Geschäftsinteressen, die dich tagsüber beschäftigen, aber deine freien Stunden gehören mir. Du wirst mir dienen, mir gehorchen und mich erfreuen. Du wirst nie einen Befehl in Frage stellen oder mir irgendetwas verweigern. Ich werde Dinge mit deinem Körper tun, die dich an deine Grenzen bringen. Manchmal wirst du Nein sagen wollen, aber dennoch tun, was ich will. Das ist die Verpflichtung, die du mir gegenüber eingehst.«

Er drückte sie an sich und vergrub sein Gesicht an ihrem Hals. Seine Stimme wurde leiser und grimmiger. »Ich verpflichte mich, in jeder Hinsicht für dich zu sorgen. Falls du deine Rache willst, um dich von der Vergangenheit zu befreien, werde ich dir die Mittel dazu geben. Du bist mein größter Schatz, Victoria. Und entsprechend werde ich dich würdigen und behandeln.«

Sie schlang die Arme um ihn, sah alles durch einen Tränenschleier. »Ich will, dass das Triumvirat ausgelöscht wird.«

Um dafür zu sorgen, müsste er den Hohen Rat umgehen, dem anzugehören er so lange schon angestrebt hatte. Jene Nacht vor langer Zeit war weit mehr gewesen, als Victoria ahnte, und die Gefahr war tödlich.

Max nickte und stimmte, ohne zu zögern, zu, auch wenn ihn seine arbeitenden Kiefermuskeln verrieten. »Wirst du mich lieben, wie du ihn geliebt hast? Kannst du das?«

Sie atmete hörbar aus. Ihr Herz öffnete sich ihm und gab die vielen Facetten ihrer Zuneigung und Bewunderung preis. Was sie für Max empfand, war so anders als ihre Gefühle für Darius, allerdings genauso stark. Und es wuchs mit jedem Tag. Inzwischen erkannte sie, wie viel von sich sie vor Darius verborgen hatte und wie viel sie jetzt bereits mit Max teilte – dem Mann, der ihr gezeigt hatte, wie sie ihre Natur schätzen und genießen konnte. Sicher in seiner Umarmung.

»Ja, Max«, versprach sie. »Das werde ich.«

Seine Kraft reagierte auf ihre Leidenschaft, schwoll an, ergoss sich in sie, und Victoria verstärkte sie noch. Das tiefe Pochen, das sie beide durchströmte, war fast überwältigend. Sie würden trainieren müssen, alles noch einmal neu lernen, was sie wussten, und einen Weg finden, es zu kontrollieren. Gemeinsam.

Ich kann es gar nicht erwarten anzufangen. Max' selbstsichere Stimme in ihrem Geist machte ihr Mut.

Die Aufgabe würde nicht leicht sein …

Du magst es auch nicht, wenn Dinge leicht sind, Kätzchen.

Victoria bot ihm ihren Mund an, und er nahm ihn, wobei ein Lachen in seiner Brust vibrierte, während sich ihre Lippen zu einem Katzengrinsen verzogen.

GUTE ALTE
SCHWARZE MAGIE

1

Kurz vor Mitternacht, der Geisterstunde,
Heiligabend

An dem großen, dunkel gekleideten Mann, der den Gehweg überquerte, war etwas Undefinierbares. Etwas Mysteriöses, das neugierige Blicke von den Leuten an den Fenstertischen in Richie's Diner provozierte. Er schien sie nicht zu bemerken. Sein Blick war starr, als könnte ihn nichts von seinem Ziel ablenken.

Es war schwer zu sagen, was an ihm alle Blicke auf ihn zog. Lag es an der eindrucksvollen Breite seiner Schultern oder an der Art, wie seine pechschwarzen Locken sie umwehten? War es diese sinnliche Entschlossenheit seiner Bewegungen, elegant und zugleich raubtierhaft? Oder waren es seine klassischen und auf brutale Weise umwerfenden Züge, sein kantiges Kinn und die wunderschönen Lippen?

Vielleicht lag es schlicht daran, dass Heiligabend war und er zu Hause sein sollte, warm und sicher bei seinen Lieben, nicht hier draußen im Schnee, allein und ernst.

Seine Augen waren vom Grau eines aufziehenden Gewitters und strahlten ein Selbstvertrauen aus, das eindeutig signalisierte: Mit diesem Mann legte man sich nicht ungestraft an.

»Der Kerl könnte jede Frau bis zu einem Orgasmus

vögeln, bei dem sie schreit«, sagte Richies Frau kurzatmig zu ihrer Cousine.

»Okay, wo melde ich mich an?«

Das Restaurant war geschlossen, aber bis zum letzten Platz mit Richard Bowes Familie und Freunden besetzt. Die Kinder bedienten die Softeismaschine und machten Milchshakes, während die Männer in der Küche kochten und sich zotige Witze erzählten. Frank Sinatras Weihnachtslieder schallten aus den Lautsprechern, und zusammen mit dem Lachen überall sorgten sie für die richtige Feiertagsstimmung.

Draußen blieb der scharfe Typ an einer Straßenecke stehen, streckte beide Arme aus, und eine kleine schwarze Katze, die vom Fenster aus gar nicht zu sehen gewesen war, sprang in seine Umarmung. Vorhin hatte es heftig geschneit, und immer noch wirbelten Windböen Flocken auf. Trotzdem war das schimmernde schwarze Fell der Katze vollkommen unberührt vom Wetter. Auch der Mann wirkte weder nass noch ausgekühlt.

Er hielt die Katze ehrfürchtig in den Armen, kraulte sie hinter den Ohren und streichelte ihr über den Rücken. Sie kletterte auf seine Schulter und blickte mit smaragdgrünen Augen zum Diner. Dann schmiegte sie ihren Kopf an seine Wange und schien über die neidischen Blicke der Frauen im Diner zu grinsen.

Es gab keine einzige unter ihnen, die sich nicht wünschte, diese Katze zu sein.

Die bunt blinkende Weihnachtsbeleuchtung warf durch die Fenster einen Regenbogen auf das glänzende Katzenfell sowie die schwarzen Locken des Mannes, was ein einzigartig schönes Bild ergab. Dann ging der Mann weiter.

Er überquerte die Straße und verschwand um eine Ecke.

Max Westin knurrte leise, als die raue Katzenzunge rhythmisch über die empfindliche Stelle hinter seinem Ohr fuhr.

»Kätzchen …«, warnte er.

Du bist köstlich, schnurrte Victoria in seinem Geist.

»Ich verstehe jetzt, warum die höheren Zauberer sich keine Gehilfinnen halten.« Er drückte sie näher an sich, um den Vorwurf in seinen Worten abzumildern. »Du bist eine Ablenkung.«

Ich bin notwendig, konterte sie lachend. *Ohne mich könntest du nicht leben.*

Er antwortete nicht. Auch so wussten sie beide, dass es stimmte. Er liebte sie mit tiefer, allumfassender Hingabe und genoss das Band, das sie als Zauberer und Gehilfin miteinander verband. Sie war immer bei ihm; ihre Gedanken und Gefühle verschmolzen mit seinen, und ihre Kraft verstärkte seine. Selbst wenn sie physisch getrennt waren, blieben sie zusammen. Er konnte nicht mehr ohne sie atmen. Sie war ein Teil von ihm, und anders würde er es nicht wollen.

Als Jäger für den Hohen Rat, der über alle »Magischen« herrschte, hatte er einst die schwierigste Aufgabe gehabt: Jene auszulöschen, die der schwarzen Magie verfallen waren und nicht mehr gerettet werden konnten. Er war dazu ausgebildet worden, in den Hohen Rat aufzusteigen. Letzteres war so selten, dass sich nur noch die Wenigsten daran erinnerten, wann es zuletzt zu einer solchen Beförderung gekommen war.

Dann hatten sie ihm einen letzten Auftrag erteilt: Victoria St. John wieder ans Halsband zu legen oder sie zu töten. Sie war eine Gehilfin, die aus Kummer nach dem Tod ihres Zauberers zur verwilderten Abtrünnigen geworden war.

Max würde nie vergessen, wie er sie zum ersten Mal sah und welche Wirkung sie auf ihn gehabt hatte. Schmal und langbeinig, mit grünen Augen und kurzem schwarzem Haar, besaß sie die Sinnlichkeit einer Katze und den Körper einer Frau, die für Sex geschaffen war.

Ein tief in seinem Innern vergrabener Teil von ihm hatte gleich in dem Moment, als sie sich begegnet waren, gewusst, dass sie zu ihm gehörte. Ein Teil von ihr hatte es auch gewusst, und trotzdem hatten sie ein Katz-und-Maus-Spiel veranstaltet, bis es nicht mehr ging. Bis der Rat eingeschritten war und sie gezwungen hatte, eine Entscheidung zu treffen – für das Diktat des Hohen Rats oder füreinander.

Keiner von ihnen hatte gezögert, ihre Liebe zu wählen, ungeachtet der Strafe.

Ich spüre sie, sagte sie, und alles Verspielte war aus ihrer Stimme verschwunden.

»Ich auch.«

Das Triumvirat. Sie waren verantwortlich für den Tod von Victorias früherem Zauberer, Darius. Auch er war für den Rat ausgebildet worden, der letzte Zauberer, der für diese Beförderung in Betracht gekommen war, ehe der Rat auf Max aufmerksam geworden war. Wütend über Darius' Entscheidung, sich mit Victoria zu verbinden, statt den Sitz im Rat anzunehmen, hatten die Angehörigen des Rats sich an dem Paar gerächt, indem sie Darius und Victoria allein auf das Triumvirat angesetzt hatten.

Darius hätte sich weigern müssen, hatte doch unausweichlich festgestanden, dass ein derart unausgewogener Kampf nur mit seinem Tod enden konnte. Er hätte darum kämpfen müssen, bei Victoria zu bleiben und sie vor den Machenschaften des Rats zu schützen.

Max hätte es getan.

Und dennoch jagst du sie jetzt, murmelte Victoria.

»Für dich.«

Dieses Versprechen hatte er ihr gegeben, als er sie zu der Seinen gemacht hatte – ihre Unterwerfung im Gegenzug dafür, dass er das Triumvirat vernichtete. Sie hatte ihn nicht darum gebeten, bis er darauf bestanden hatte. Doch ein Meister hatte die Pflicht sicherzustellen, dass seine Gehilfin alles hatte, was sie brauchte, um glücklich zu sein. Und Victoria brauchte einen Abschluss. Den würde er ihr ermöglichen.

Ich liebe dich.

Er konnte die Echtheit ihrer Gefühle in seiner Seele spüren. Victorias Liebe war so strahlend, dass sie die Finsternis in ihm in dunkle Winkel verbannte – wo sie hingehörte. Sich mit schwarzer Magie zu befassen war gefährlich, denn die dunkle Seite konnte verführerisch sein. Hätte er Victoria nicht, die ihm Halt gab, wäre fraglich, wozu Max im Laufe der Jahrhunderte werden würde.

»Ich liebe dich auch, Kätzchen.«

Der Schneefall nahm wieder zu. Der Wind wurde kühler und wehte ihnen die wirbelnden Flocken ins Gesicht. Sie sollten zu Hause vor dem Kamin sein, nackt aneinandergeschmiegt und erschöpft vom Sex. Stattdessen bibberten sie in einer Kälte, die gleichermaßen von innen wie von außen kam.

Max schirmte sie magisch ab, damit sie trocken blieben,

als sie um die Straßenecke und dann in die nächste Gasse einbogen. Der plötzliche Schneesturm war ein Kraftbeweis des Triumvirats und sollte sie daran erinnern, wie mächtig die drei Brüder waren. Oberflächlich betrachtet, stand es zwei gegen drei, nur standen die Chancen in Wirklichkeit für sie noch schlechter. Das Triumvirat bezog seine Kraft aus *der Quelle allen Übels*. Max und Victoria hatten nur sich. Wären ihre Ressourcen erst erschöpft, würde ihnen kein Rückhalt mehr bleiben. Der Hohe Rat würde ihnen nicht helfen. Der hatten ihnen seinen Segen für diese Schlacht verweigert, weil er wusste, dass Max und Victoria sich nichts sehnlicher gewünscht hätten. Was nachtragendes Verhalten anging, war der Hohe Rat eine Klasse für sich.

Ist es das wert?

Der Gedanke erschreckte Max so sehr, dass er abrupt stehen blieb.

Victoria sprang von seiner Schulter auf das nasse Pflaster. Sofort wechselte sie die Gestalt, sodass sie nackt und unsagbar verlockend vor Max stand, nichts trug als ein schwarzes Band um ihren Hals.

Sein Halsband. Der Anblick und das Wissen, wofür es stand, erregten ihn prompt wieder.

»Gott, bist du schön«, raunte er und bewunderte die reife, kurvige Perfektion ihres Körpers. Mit einem Fingerschnippen kleidete er sie von oben bis unten in figurbetonendes Lycra. Ihren Körper durfte nur er genießen und sonst keiner.

Als sie sich kennengelernt hatten, war sie zu dünn gewesen – ein Zeichen der Vernachlässigung in den Jahrhunderten ohne Meister, der für sie sorgte. Gehilfinnen mussten ernährt und gepflegt werden, gestreichelt und verwöhnt. Und sie brauchten Disziplin. – Wobei selbst Darius trotz seiner außergewöhnlichen Kräfte und Fertigkeiten außerstande gewesen war, eine so willensstarke Gehilfin wie Victoria St. John zu kontrollieren.

»Ich bin nicht sicher, ob ich das will, Max«, sagte sie und schmiegte sich in seine Arme.

Dank ihrer Nähe pulsierte Energie durch seine Adern. Er hatte sie heute stundenlang geliebt, hatte ihr Band genutzt, um die nötigen Reserven für die bevorstehende Schlacht zu sammeln. Jedes Mal, wenn sie kam, hatte ihn Magie durchströmt, sich angereichert und verdoppelt, bevor sie in Victoria zurückgekehrt war. Auf die Weise hatte sich ein Kreislauf gebildet, der ihnen das Gefühl gab, gemeinsam unschlagbar zu sein.

»Aber wir sind nicht unbesiegbar«, widersprach sie Max' unausgesprochenen Gedanken. »Und ich darf dich nicht verlieren. Dein Leben ist das Risiko nicht wert. Ich kann in einer Welt mit dem Triumvirat überleben, nicht jedoch in einer ohne dich.«

»Aber du wolltest dies hier.«

»Und ich will es nicht mehr.« Ihre Lippen wurden schmal vor Entschlossenheit. Wie wunderschön sie aussah, zumal mit den leuchtend grünen, von dichten schwarzen Wimpern umrahmten Augen. »Lange Zeit war mein Wunsch nach Rache alles, was ich im Leben hatte. Mein einziger Existenzgrund. Du hast das geändert, Max.«

Er fuhr ihr mit den Fingern durch das kurze Haar und legte ihr seine Hand in den Nacken. »Heute Nacht haben wir die Chance des Jahres, das Triumvirat auszulöschen.«

Die Welt war voller Freude und Liebe, Feiern und

Glück, voller Gebete der Gläubigen und Hoffnung der Nichtgläubigen. Sterbliche fühlten die Veränderung, obwohl sie nicht begriffen, wie real sie war. Damit war die Macht des Triumvirats eingeschränkt – ein winziger, dringend nötiger Vorteil für Max und Victoria.

»Vergiss dieses Jahr und das nächste«, sagte sie mit Tränen in den Augen. »Verstehst du denn nicht, dass ich dich zu sehr liebe? Das Triumvirat zu vernichten bringt Darius nicht zurück, und selbst wenn es das könnte, wäre es das immer noch nicht wert. Jener Teil meines Lebens ist vorbei. Du und ich haben ein neues Leben zusammen, und das ist wertvoller für mich als alles andere.«

»Kätzchen.« Max wurde die Brust eng. Er hatte es nicht für möglich gehalten, sie noch mehr zu lieben, als er es bereits tat, aber dieser plötzliche Schmerz in seiner Brust bewies, dass er sich geirrt hatte. Seit Jahrhunderten suchte sie nach einem Weg, Darius zu rächen. Und jetzt wollte sie ihr Vorhaben aufgeben. Seinetwegen.

»*Wie rührend.*«

Die knarzenden Stimmen des Triumvirats erschütterten die Schutzblase, mit der sie sich gegen den Schnee abschirmten. Um auf diesen Schutzzauber einzuwirken, war eine enorme Kraft erforderlich, und Max holte tief Luft, während Victoria ihre Energie seiner hinzufügte.

Ein Schauder überlief sie. Max merkte es und beruhigte sie, indem er ihr über den Rücken strich.

»Wir schaffen das«, murmelte er grimmig entschlossen.

Victoria krallte die Hände in sein Hemd. »Ja.«

Max presste einen Kuss auf ihre Stirn. Dann ließ Victoria ihn los und nahm ihren Platz neben ihm ein, ihre Finger mit seinen verwoben.

Vor ihnen standen drei Gestalten in Kapuzenumhängen, deren Augen rot über den Kutten leuchteten. Sie waren weit über zwei Meter groß und spindeldürr, strahlten jedoch eine phänomenale Kraft aus.

»Vielleicht nehmen wir diesmal dich, hübsches Kätzchen«, sagte einer von ihnen mit einer Stimme wie ein Reibeisen. Sein Gesicht war kreideweiß und so faltig, als hinge ihm die Haut von den Knochen.

»Nur über meine Leiche«, forderte Max sie leise heraus.

»Selbstverständlich«, keckerte einer der beiden anderen. »Wo bliebe sonst der Spaß?«

Die geschlossene Front und einheitliche Erscheinung des Triumvirats verstärkte den Eindruck noch, dass man einer veritablen Armee gegenüberstand. Während immer wieder andere Dämonen und Höllenhunde bei *der Quelle* in Ungnade fielen und aus dem Orden ausgeschlossen wurden, hielten sich diese Brüder seit Jahrhunderten im Orden des Bösen. Für die meisten Magischen galten sie mittlerweile als ebenso feste Institution wie der Satan. Es gab sie schlicht und würde sie immer geben.

Blitzschnell duckte Victoria sich und schleuderte ihren Arm nach vorn, aus dem eine Magiekugel auf den Bruder in der Mitte zuschoss. Fast zeitgleich wurde von links und rechts zurückgefeuert, und das mit solcher Wucht, dass Victoria trotz des Schutzschilds um sie herum nach hinten geworfen wurde.

Max sprang vor, beide Hände ausgestreckt und erwiderte das Feuer. Victoria griff abermals den in der Mitte an, was zur Folge hatte, dass alle drei Gegner gleichzeitig getroffen wurden.

Wäre Darius' Geschenk an sie nicht gewesen, hätte Victoria unmöglich mehr tun können, als neben Max zu stehen und ihn zu stärken, wie sie es mit Darius in der Nacht tat, als dieser getötet wurde. Aber jetzt trug sie die Kraft des gefallenen Zauberers in sich. Darius' Energie pochte in ihrem Blut und befähigte sie, wie eine Hexe samt ihrem Gehilfen zu kämpfen. Max hoffte, dass das ausreichen würde, um sie beide zu retten.

Das Triumvirat erwiderte geschlossen den Angriff, trat einen Schritt nach dem anderen vor und jagte eiskalte Schwarze Magie gegen Max' und Victorias Schutzschild.

Doch die beiden zogen sich nicht zurück. Während sie sich abmühten, ihre Zauber aufrechtzuerhalten und das Feuer zu erwidern, trat ihnen beiden der Schweiß auf die Stirn, obwohl ein Schneesturm tobte. Das Triumvirat heulte vor Wut, schien jedoch unbeeindruckt von den Attacken.

Victoria blickte zu Max und sah seine grimmigen Züge und die gewölbten Adern an seinen Schläfen, als er graue Magie aus seinen Fingerspitzen entließ, die Energieblitze bildete. Er konzentrierte sich auf einen Bruder, und seine Schultern krümmten sich vor Anstrengung.

Als die heimtückischen Blitze die dunkle Kutte durchdrangen und die fahle Haut darunter versengten, schrie der getroffene Bruder vor Schmerz auf. Seine Brüder kamen ihm zu Hilfe, waren jetzt ganz auf Max fokussiert. Victoria griff weiter an in der Hoffnung, das Feuer in ihre Richtung zu lenken. Doch obwohl sie Gefahr liefen, einen der Brüder zu verlieren, steckten sie ihre Angriffe verblüffend gelassen ein.

Die Schutzzauber um Max begannen nachzugeben, weil sie von außen durch eine noch größere Kraft geschwächt wurden. Blut rann aus einem seiner Nasenlöcher, und sein Schmerz durchfuhr Victoria wie ein glühend heißer Speer. Sie fing an zu weinen, und ihr Magen verkrampfte sich vor Angst. Die Erinnerungen an die Nacht, in der Darius starb, vermengten sich mit dem Horror der Gegenwart zu einem beispiellosen Albtraum.

Das Triumvirat war zu stark. Max würde sterben.

Victoria schrie, weil sie es nicht ertrug, ihn zu verlieren.

Jahrhunderte allein ... Von Trauer gequält ... Dann war Max in ihr Leben getreten und hatte alles verändert. Hatte sie verändert. Er hatte sie wieder ganz gemacht, sie, wenn sie rastlos war, beruhigt und sie trotz ihrer Fehler geliebt.

Wie kann ich ohne dich leben?

Auf einmal kam ihr wie aus dem Nichts eine Lösung in den Sinn, die einen kleinen Hoffnungsschimmer bot.

Sie könnte den Zauber wiederholen, den Darius einst gewirkt hatte, um ihre Kräfte nun auf Max zu übertragen. Dann wäre er stärker, könnte sich retten und entkommen.

Tu es.

Sie raffte alles zusammen, was sie an Magie besaß, und begann, den Zauber zu sprechen, den sie nie vergessen würde – waren es doch die letzten Worte, die Darius gesprochen hatte.

Wie von einem unsichtbaren Strick zusammengefasst, bündelten sich ihre Kräfte, was sich so seltsam anfühlte, dass Victoria schwindlig wurde. Sie sprach schneller, und die Worte kamen ihr leichter über die Lippen.

»Victoria!«, brüllte Max, dessen Schutzschilde jeden Moment nachgeben würden.

Es war ihre Schuld, dass Max hier war und einen Kampf

austrug, der allein ihrer war. Seine Liebe zu ihr hatte ihn hierhergeführt, und ihre Liebe zu ihm würde dafür sorgen, dass er verschont blieb.

»*Max.*« Die Magie schoss derart explosionsartig aus Victoria hervor, dass es sie in die Knie zwang. Sie traf Max mit solcher Wucht, dass er regelrecht zusammenzuckte. Seine Schutzschilde erneuerten sich wieder, und seine gekrümmten Arme streckten sich dank der frischen Kraft.

Victoria gab ihm alles, was sie hatte, sparte nichts für sich auf, denn ohne ihn bedeutete ihr das Leben nichts. Sie würde es nicht überleben, ihn zu verlieren. Schon Darius' Tod hatte sie kaum überlebt.

Max brüllte triumphierend, da ihn plötzlich neue Energie erfüllte. Eine dünne Schutzschicht löste sich von der, die Max umhüllte. Sie wuchs und dehnte sich aus, sodass sie das Triumvirat mit umfing und verhinderte, dass die drei neue Kräfte aus *der Quelle* empfingen.

Unfähig, seine schwindenden Kräfte zu erneuern, sank der von Max angegriffene Bruder auf die Knie und schrie, da seine Vernichtung drohte.

Victoria beobachtete es mit Tränen in den Augen.

Das Triumvirat bezieht seine Macht aus seinen eigenen Reihen.

Darius' Stimme driftete durch ihren Geist. Max und sie waren nicht allein. Sie waren zu dritt, genau wie die Brüder. Und es war Heiligabend. Folglich hatten sie eine reelle Chance.

Mit allerletzter Kraft schleuderte Victoria dem Bruder, der ihr am nächsten war, einen Energieball entgegen. Das reichte gerade mal aus, um seine Aufmerksamkeit auf sie zu lenken. Während Victoria in sich zusammensank, richtete sich der lasergrelle Blick des Bruders direkt auf sie. Sie spürte seine Zufriedenheit angesichts ihrer Schwäche. Doch konnte er nicht ahnen, dass es für sie ohnehin bereits zu spät war.

Victoria wappnete sich gegen den unvermeidlichen Schlag und gab keinen Laut von sich, als das pure Böse sie mitten in die Brust traf, ihr Herz erkalten und langsamer schlagen ließ. Sie biss sich auf die Lippe und fiel auf ihre Hände, unterdrückte jedoch jeden Schrei, der Max in diesem Augenblick seines Triumphs ablenken könnte.

Alles um sie herum begann, sich ihr vor Augen zu drehen. Noch ein Schlag traf sie gegen den Kopf und warf sie auf den Rücken. Ihr Schädel knallte hart auf den Asphalt, und ihr verschwamm die Sicht. Das Schrillen in ihren Ohren übertönte das Rauschen ihres nun rasenden Pulses.

»Max …«, flüsterte sie, als sie Blut auf ihrer Zunge schmeckte.

Eine blendende Lichtexplosion machte die Nacht zum Tag. Schwefelgeruch erfüllte Victorias Nase und brannte in ihrer Kehle. Die Gebäude um sie herum erbebten, und kleinste Putzteilchen vermengten sich mit dem Schnee, der auf sie herabfiel.

Du hast es geschafft, Liebster, dachte sie, während ihr kalt wurde.

»Victoria, nein!«

Max' verzweifelter Schrei brach ihr das Herz.

Eisige Schneeflocken vermischten sich mit heißen Tränen. In der plötzlichen Stille drangen die Klänge von Weihnachtsliedern und Glockengeläut zu ihnen, die Freude verbreiten sollten, stattdessen aber zu einem Requiem wurden.

Victorias Brust hob sich unter ihrem letzten Atemzug.

Ich liebe dich.

Mit dem Gedanken an Max in ihrem Herzen starb Victoria.

2

Sechs Stunden zuvor …

Er war dort, in der Dunkelheit. Er beobachtete sie, umkreiste sie. Unersättlich. Manchmal erschreckte es sie, wie gierig er war. Und sie konnte sein Verlangen weder zügeln noch beschwichtigen.

Sie konnte sich nur ergeben. Ihm und seinen Wünschen.

Sie bog ihren Rücken durch und streckte die Arme so weit, wie es die Fesseln an ihren Handgelenken erlaubten. Ihre Lider flatterten unter dem roten Satinband. Victoria stand mit gespreizten Armen und Beinen da und umklammerte die tannengrünen Samtbänder, die von der Decke hingen. Weihnachtliche Farben. Sie waren nicht nur eine sentimentale Note, sondern bezeugten Max' Sinn fürs Detail. Dieselbe intensive Aufmerksamkeit, die er ihrem Körper zukommen ließ. Er kannte sie in- und auswendig, jede Kurve, jede Öffnung, jeden Traum und jedes Geheimnis.

Der plötzliche scharfe Hieb der Gerte auf ihren nackten Hintern brachte sie zum Fauchen, wie es zu einer Katze passte. Das Brennen blieb, wurde heißer, und sie wand sich.

»Nicht bewegen, Kätzchen«, raunte Max. Seine tiefe Stimme war wie ein Streicheln.

Könnte sie ihn nur sehen. Seinen Anblick in sich aufsaugen, ihn anbeten. Er war so wunderschön, so köstlich. Ihr Zauberer. Ihrer.

Der Geruch seiner Lust lag dunkel und verlockend in der Luft. Davon wurden ihre Nippel hart, schwollen ihre Brüste und wurde ihre Scham feucht. Ihr Mund war wässrig vor Sehnsucht, seinen Schwanz zu schmecken, und ihr Schnurren war ein unmissverständliches Flehen um mehr. Immer mehr.

Sie war genauso unersättlich wie er, getrieben von einer so verzehrenden Liebe, dass sie sich fragte, wie sie jemals ohne sie hatte leben können.

»Max«, flüsterte sie und benetzte ihre Lippen. »Ich brauche dich in mir.«

Magie stieg zwischen ihnen auf: seine beachtlichen Kräfte, verstärkt durch ihre Gehilfinnengaben. Ihr Halsband kribbelte. Für Sterbliche war es unsichtbar, andere Magische hingegen erkannten es sofort als Zeichen dessen, dass Max sie in Besitz genommen hatte. – Ein schlichtes schwarzes Band als Symbol dafür, dass Victoria jemandem gehörte, geliebt, umsorgt und beschützt wurde. Sie hatte dieses Zeichen der Unterdrückung in den Jahrhunderten nach Darius' Tod vehement abgelehnt. Dann hatte Max Westin sie gejagt, und sie hatte gelernt, sich ihm zu ergeben.

Nun waren sie beide Abtrünnige, denen nur die unbeliebtesten Aufträge zugeteilt wurden und die der Hohe Rat bestrafte, wo immer er konnte. Diese Widrigkeiten schweißten sie umso fester zusammen.

»Ich liebe dich«, hauchte sie und räkelte sich, um die quälende Lust zu lindern, die sie verschlang. Ihre heiße, schweißbenetzte Haut sehnte sich verzweifelt danach, seinen starken Körper an ihren gepresst zu fühlen.

Brennend heiß fuhr seine Zunge über ihren harten Nippel und entlockte ihr einen Schrei, der von ihrem wahnsinnigen Verlangen kündete.

»Ich liebe dich auch«, murmelte er, und sein Atem war feucht auf ihrer Haut. Sie hörte, wie die Gerte klappernd zu Boden fiel, bevor seine großen Hände ihre Hüften umfingen.

»J-ja«, stammelte sie und schluckte. »Ja, Max.«

Während er sein erhitztes Gesicht zwischen ihre Brüste drückte, wanderten seine Hände zu ihrem Hintern und kneteten ihn. Seine Berührung war sanft und ehrfürchtig, trotz des wilden Verlangens, das sie an ihm riechen konnte. Er liebte sie hinreichend, um seine Leidenschaft zu bändigen. Nichts auf der Welt konnte besser sein, als mit solch einer wilden Leidenschaft und Konzentration geliebt zu werden. Victoria war süchtig nach der Wonne, die er ihr auf seine detailbesessene, versierte Art schenkte.

»Fick mich«, flüsterte sie. Ihre Lippen waren ausgetrocknet. »Oh Max … ich brauche deinen Schwanz.«

»Noch nicht, Kätzchen. Vorher möchte ich noch weiterspielen.«

Sie erschauerte, als sich sein heißer Mund um ihre schmerzende Brustwarze schloss. Keuchend wand sie sich in seinen Armen. »Verdammt, du … du bringst mich um.«

Aus der Stereoanlage im Wohnzimmer waren die Boston Pops zu hören, deren Weihnachtslieder sich mit dem Rauschen des Bluts in Victorias Ohren vermengten. Draußen schneite es ununterbrochen weiter, sodass sich eine weiße Decke über die Stadt legte. Eine trügerische Schönheit.

Die feinen Härchen in Victorias Nacken stellten sich auf, und Schweiß rann ihr über die Schläfe. Dunkle, tückische Magie lauerte ihnen auf, wie das Heulen des Winds vor den Fenstern bewies.

Wir warten, wisperte er.

Der Sturm lieh der provozierenden Herausforderung des Triumvirats seine Stimme.

Doch hier in Max' großem Loft war Victoria von einem Kokon aus Verlangen und Liebe geschützt. Gemeinsam brachten sie eine Magie auf, mit der nicht zu spaßen war. Bisher jedenfalls waren sie ungeschlagen. Allerdings hatten sie es auch noch mit keinem Dämon aufgenommen, der so nahe an *der Quelle* war wie das Triumvirat.

Denk an mich, knurrte Max, und seine Finger bohrten sich fester in ihre zarte Haut.

Seine Worte hallten durch ihren Geist, ohne dass er sie laut aussprechen musste. Das Seelenband zwischen Meister und Gehilfin war eben sehr stark, und es müsste noch stärker sein, wenn sie heute Nacht siegen wollten.

Immer, antwortete sie und schlang ihre langen Beine um seine schmalen Hüften. »Nur an dich.«

Mittels seiner Zauberkraft hob er sie hoch und ließ sie vor ihm in der Luft hängen, wie von einem Geschirr gehalten. Die Augenbinde fiel weg, sodass sie blinzelte und ihre Fähigkeit, im Dunkeln zu sehen, nutzte, um ihren Liebhaber in seiner ganzen Pracht zu bewundern.

Max stand zwischen ihren gespreizten Schenkeln. Sein schweißfeuchtes Haar klebte an seiner Stirn. Seine Augen funkelten dunkel, seine Haut schimmerte golden, und seine Muskeln wölbten sich unter der erotischen Anspannung.

Als er den Kopf neigte und sich seine Lippen ihrer bebenden Spalte näherten, flutete die Intensität seines Verlangens ihren Geist mit einem wilden Knurren, das Victoria erschauern ließ.

Mein wunderschönes Kätzchen hat eine wunderschöne Muschi, raunte er. *Weich, süß und köstlich.*

Dann war sein Mund zwischen ihren Beinen, glitt seine Zunge zwischen die Schamlippen und streichelte die geschwollene Klitoris. Victoria bog sich ihm entgegen und erzitterte unter der lustvollen Qual.

Benommen und mit schweren Lidern sah sie dem fantastischen Mann zu, der fasziniert an ihr leckte und sog. Ihre Liebe machte den Augenblick nur noch erotischer. Max genoss es, Victoria so zu nehmen, sehnte sich so sehr nach ihrem Geschmack, dass er sie täglich mit dem Mund erfreute, und sein Vergnügen wurde durch das gierige Knurren offensichtlich, das an ihrer Scham vibrierte. Es spornte sie zusätzlich an und steigerte ihr Wohlgefühl, bis es sie zerriss.

Ihre magischen Kräfte wuchsen mit der Ekstase, die Max ihr so gekonnt bescherte, stärkten seine und füllten das Loft, bis die Deckenbalken und die Bodendielen knarzten, weil sie all diese Energie kaum noch halten konnten.

»Lass mich dich berühren«, flehte Victoria und ballte und lockerte ungeduldig die Fäuste. Mit Leichtigkeit hätte sie sich selbst befreien können, aber das tat sie nicht. Und das machte ihre Unterwerfung für Max umso wertvoller. Er verehrte sie dafür, und sie betete ihn an, weil er es als Stärke wertete, nicht als Schwäche.

Ich will dich so.

Sie schnappte nach Luft, als seine Lippen ihre Klitoris umschlossen und er an ihr zu saugen begann. Das Wohlgefühl wogte in Wellen durch ihren Körper. Seine Zunge streichelte die sensible Stelle rhythmisch, sodass sich ihre Scheide verzweifelt zusammenzog, weil sie gefüllt werden wollte.

»Max …«

Er legte den Kopf in den Nacken, hob Victoria höher, stieß die Zunge in sie hinein und vögelte sie damit bis zum Orgasmus.

Victoria kam mit einer überwältigenden Wucht und krümmte den Rücken, während ihr der Höhepunkt die Sicht raubte. Ein Schwall von Magie nach dem anderen ergoss sich aus ihr und in ihn, bis Max ebenso heftig zitterte wie sie.

Aber er hörte nicht auf.

Seine Lippen, seine Zunge und seine Zähne taten sich weiter gütlich an ihr, und er stöhnte kehlig, während er von ihr trank. Seine seidigen Locken streiften die Innenseite ihrer Oberschenkel, was das Sinnenfeuerwerk in ihr noch intensivierte. Es wäre viel zu viel gewesen, wäre da nicht seine Liebe gewesen, die Victoria in diesem Strudel von Empfindungen Halt gab und verhinderte, dass sie den Verstand verlor.

»Oh Max«, wimmerte sie und erzitterte unter den Nachbeben.

Sie hatte nicht gewusst, dass Sex so … *inbrünstig* sein konnte, bis sie Max begegnet war. Er entführte ihren Körper an Orte, von denen sie nicht einmal geahnt hatte. Und er duldete keine Schranken zwischen ihnen, keinen Widerstand.

Max befreite ihre Handgelenke, woraufhin sie kraftlos in seine Arme sank und ihr Kopf auf seine Schulter, sodass ihre Lippen seine Haut berührten. Sein Aroma war ein Aphrodisiakum und bewirkte, dass Victoria stets heiß, feucht und hungrig blieb.

Zunächst stellte er sie behutsam hin, dann übte er einen sanften, aber unnachgiebigen Druck auf ihre Schultern aus. »Lutsch meinen Schwanz, Kätzchen.«

Geschmeidig und dankbar kniete sie nieder. Ihr Mund war schon wässrig vor Gier, ihn zu schmecken und den schweren, geäderten Schaft auf ihrer Zunge zu spüren. Sie sehnte sich schmerzlich danach.

Er hielt sein Glied mit einer Hand und führte die gerötete, glänzende Spitze an Victorias geöffneten Mund.

»Ja«, stöhnte er, schwer atmend. »Du siehst so wunderschön aus, wenn du es mir mit dem Mund machst, Baby.«

Heiß und pochend glitt Max' Schwanz zwischen ihre Lippen. Victoria legte die Hände um seinen Hintern und zog ihn näher, während sie schluckte und ihn tiefer lockte.

Max ließ eine Hand unten an dem Schaft, damit er nicht zu tief in sie eindrang. Mit der anderen Hand umfing er ihre Wange, sodass er fühlte, wie ihr Mund an ihm arbeitete.

»Oh Gott«, keuchte er. Seine Pobacken zogen sich zusammen, als Victorias Zunge flatternd die empfindliche Stelle unterhalb der Eichel rieb. »Langsam, Kätzchen.«

Victoria gab ihn frei und blickte mit einem Katzengrinsen nach oben. Dann legte sie den Kopf schräg und malte mit ihrer Zungenspitze die pochende Ader nach, ehe sie Max' Hand unten am Schaft umkreiste. Anschließend glitt sie auf demselben Weg wieder nach oben, diesmal auch sanft saugend. Dabei waren ihre Gefühle im Einklang mit ihrer körperlichen Reaktion.

»Scheiße«, knurrte Max, dessen Schenkel bebten. »Saug ihn, Baby. Keine Spiele.«

Victoria presste die Lippen auf die winzige Öffnung an der Spitze, ehe sie ihn mit einem energischen Ruck wieder in sich aufnahm.

Seine Hand löste sich von ihrer Wange, legte sich um ihren Hinterkopf, und so hielt er sie fest, während er ihren Mund mit schnellen, kurzen Stößen fickte. Victoria stöhnte verzückt und kniff die Beine zusammen, um die schmerzende Leere ihres Schoßes zu verdrängen.

»Saug fest, Kätzchen.«

Ihre Wangen wölbten sich nach innen, als sie kräftig sog, und Max' Triumphschrei hallte bis zur Decke und konkurrierte mit dem Heulen des Windes und des Triumvirats draußen vor den Fenstern.

Max ergoss sich heiß in Victorias Mund, sodass sein Samen über ihre Zunge und ihre Kehle hinunterfloss. Mit der Faust pumpte Max alles in ihren wartenden, willigen Mund.

Die Energie, die sie ihm bei ihrem Orgasmus gegeben hatte, strömte in sie zurück, heißer und kräftiger. Es war eine so intensive Flut, dass Victoria sie ohne Darius' Gabe niemals verkraftet hätte. Sie fühlte Max in ihrem Geist, und seine Liebe umfing sie wie eine sinnliche Umarmung. Max' Wonne war für Victoria so notwendig wie das Atmen.

Er zog sich aus ihrem Mund zurück. Im nächsten Moment spürte sie kühlen Samt unter ihrem Rücken, und Max war über ihr. Er spreizte ihre Beine mit dem Knie weit auseinander, damit er sich zwischen sie legen konnte. Victoria schnurrte, als seine Schwanzspitze an ihrer Öffnung in Position ging.

Mit einem kräftigen Stoß war er tief in ihr. Sein immer noch zuckender Schwanz drang in ihre Scheide ein, bis er fühlte, dass es nicht mehr weiterging.

»Max!«, schrie sie atemlos, und ihre Zehen krümmten sich. Es war eine Wonne, ihn in sich pulsieren zu spüren, und zu fühlen, wie er sie auf die herrlichste Weise dehnte.

»Unartiges Kätzchen«, raunte er und schmiegte seine Wange an ihre. »Fast hättest du mich mit dem Mund völlig ausgesaugt.«

»Ich liebe deinen Schwanz, Max.«

»So viel, wie du verträgst.« Er hob den Kopf, und sein Blick versprach ihr noch Stunden puren Genusses. »Ich werde dir immer so viel geben, wie du vertragen kannst, Kätzchen.«

»Gib es mir jetzt«, schnurrte sie. »Hart und tief.«

Die Finger in die Überdecke gekrallt, entsprach Max ihrem Wunsch und rammte wieder und wieder seinen heißen, fantastischen Schwanz in sie. Er flüsterte ihr anzügliches Lob ins Ohr, beschrieb ihr, wie sie sich um ihn herum anfühlte und wie sehr er ihre heiße Muschi und ihre gierigen Schreie nach mehr liebte.

Victoria klammerte sich an seinen Rücken und schlang die Beine um seine sich wiegenden Hüften. Bei jedem Rückzug seinerseits spannte sich ihre Scheide an und wartete bebend auf den nächsten Stoß. Unersättlich genoss sie die Brutalität seiner Leidenschaft.

Sein Liebesspiel hatte etwas Verzweifeltes. Er schien von einem primitiven Drang getrieben, so tief wie möglich in ihr zu sein, auf dass sie nie mehr zu trennen wären. Sie waren im Begriff, sich dem größten Feind in ihrem Leben zu stellen, und eventuell würden sie es nicht überleben.

Ich liebe dich … Du bist so schön … und mein …

Während seine Gefühle ihre Gedanken und ihr Herz überschwemmten, liefen Victoria Tränen über die Schläfen in ihr Haar. Sie umarmte seinen schweißbedeckten Körper und spreizte die Beine noch weiter. Dabei schluchzte sie vor Wonne, von ihm in Besitz genommen zu werden, und zitterte heftig, als ein Orgasmus kam, der heftiger war als alles, was sie bisher erlebt hatte.

Sein Höhepunkt folgte ihrem, und zuckend entließ sein Schwanz den Samen in sie. Ihre kombinierte Magie schwoll an, rüttelte alles in dem Loft durch, und die Fenster knarzten, weil sie die Kräfte kaum halten konnten, die Max und Victoria an diesem Abend gemeinsam hervorbrachten.

Victoria hielt sich weinend an Max fest. Sie würde ihn nicht verlieren. Das durfte sie nicht.

Falls das Ende nahte, würde sie ihr Leben für seines geben.

Ganz bestimmt.

3

Mitternacht, die Geisterstunde

Er würde sterben.

Das heiße Blutrinnsal aus Max' Nase war ein eindeutiges Indiz. Seine Adern fühlten sich an wie von Säure verätzt, seine Brust brannte bei jedem Atemzug, und sein Schädel schmerzte, als würde er von einer Schraubzwinge zusammengedrückt. Jeder Hieb gegen seinen Schutzschild war wie ein körperlicher Schlag, und sie prasselten unaufhörlich von zwei Seiten auf ihn ein.

»Victoria!«, brüllte Max. Seine Schilde wellten sich, was bedeutete, dass sie jeden Moment nachgeben würden. Victoria musste umgehend fliehen, bevor seine Kräfte versiegten und sie verwundbar wurde.

Lauf!

Als seine Sicht zu schwinden begann und er schon fürchtete, gleich bewusstlos zu werden, raste ein Energiestoß durch ihn hindurch, der beinahe zu stark war und ihn zu versengen drohte.

Victoria. Es fühlte sich derart intensiv an, dass ihm war, als würde ihre Seele in seinen Körper fließen. Ihre Kräfte breiteten sich in ihm aus, stärkten und schützten ihn.

Als der Bruder, gegen den er seine Angriffe zuletzt gerichtet hatte, auf die Knie sank und der Sieg zum Greifen nahe war, entstand auf einmal eine Kälte in seiner Brust, die sich rasch ausbreitete. Sie ergriff sein Herz mit eisiger Faust und speiste seine Adern auf tödliche Weise. Victorias plötzliches Fehlen in seinem Geist war wie ein Schrei in der Stille, durchdringend und Furcht einflößend.

Er drehte sich zu ihr um und fand sie ausgestreckt auf dem Pflaster mit einem qualmenden Loch in der Brust.

»Victoria! NEIN!«

Ihre wunderbare, sanft schnurrende Stimme erklang in seinem Kopf. *Ich liebe dich.*

Max brüllte in den Sturm. Seine Hände sanken herab, weil sein Verlangen, bei ihr zu sein, ihn stärker antrieb als alles andere.

Doch sie erlaubte es ihm nicht, aufzugeben.

Ihre Willenskraft richtete seine Arme wieder nach oben und verstärkte den Fluss der grauen Magie, die er gegen die Brüder richtete. Aus seinen zitternden Händen schossen weißglühende Blitze, die durch die Luft zuckten und tief in den Körper des mittleren Bruders einschlugen. Die Schutzzauber um Max herum verdichteten sich wieder und schirmten ihn gegen die Hiebe der anderen ab.

Sein Körper und seine Magie gehorchten ihm nicht mehr. Sie wurden von einer größeren Macht beherrscht. Etwas Seltsames und Neues durchdrang ihn vollständig, griff auf seine Trauer und seine Wut zu. Verstärkte beide und jagte sie in Form einer Schockwelle von Energie nach draußen, die so zerstörerisch war, dass sie seine Schutzzauber erschütterte und die Mitglieder des Triumvirats durchschlug.

Die Schreie der Brüder hallten durch die Gasse, und ein donnerndes Krachen zerriss den Himmel, als alle drei explodierten, begleitet von einem blendenden Lichtschein. Die Wucht der Explosion warf Max nach hinten und ließ den Boden unter ihm erbeben. Die Gebäude um ihn herum erzitterten bedrohlich, und alle Tiere in der Innenstadt stimmten vor lauter Panik eine Kakofonie an. Hunde jaulten und heulten. Katzen kreischten. Vögel stoben flatternd und schreiend in den Himmel auf.

Dann wurde es still in der Gasse. Die einzigen Geräusche waren das Bimmeln von Schlittenglocken in der Ferne und Max' qualvolles Schluchzen.

Er sank im Schnee auf die Knie. Die Leere in ihm glich einer klaffenden Wunde, von der er wusste, dass er sie nicht überleben würde. Er brauchte Victoria, konnte ohne sie nicht leben.

Jahrhunderte hatte er allein verbracht, konzentriert auf seinen vorrangigen Auftrag: den Willen des Hohen Rats durchzusetzen, indem er Abtrünnige tötete. Victoria hatte Licht in sein Leben gebracht, sein Herz, in dem zuvor nichts als Leere gewesen war, durch ihre Wärme mit Leidenschaft erfüllt.

»Verdammt«, sagte er heiser und kroch auf sie zu, während Putz und Mauerbrocken zusammen mit den Schneeflocken auf sie herabrieselten. »Du darfst mich hier nicht alleinlassen.«

Max hob sie hoch und zog sie auf seinen Schoß. Er sprach einen Zauber nach dem anderen, versuchte alles, schwarze und weiße Magie, *alles*, um sie zu heilen und sie wieder zu sich zurückzuholen.

Aber sie rührte sich nicht. Ihre Brust bewegte sich nicht unter ihrem Atem; ihre Augenlider über den smaragdgrünen Augen, die er so sehr bewunderte, flatterten nicht.

»Kätzchen …«, schluchzte er. »Du darfst mich hier nicht alleinlassen … du darfst mich nicht verlassen …«

Max wiegte sie und presste seine bebenden Lippen auf ihre Stirn, während er spürte, wie ihn sein Verstand verließ.

»Heilt sie!«, schrie er in die Nacht hinein und den Mitgliedern des Hohen Rats zu, die alles mitangehört und mitangesehen hatten. »Heilt sie, oder ich werde euch zur Strecke bringen«, zischte er. »Jeden Einzelnen von euch! Ich werde euch alle töten, das schwöre ich.«

Wir haben dir gesagt, dass das passieren wird, höhnten sie überheblich. *Ihr Tod ist die Strafe für deine Arroganz.*

Max' Züge wurden hart, und sein Blick verengte sich, als er Victoria betrachtete. Sie sah wunderschön und seltsam friedlich aus. Ihre Haut war blass und schimmerte wie eine Perle; ihre dichten Wimpern glänzten von Tränen und geschmolzenem Schnee, und sie leuchtete matt, von innen heraus.

Max erstarrte und betrachtete dieses zarte Leuchten. Ihm war klar, was es bedeutete.

Die Magie in ihr lebte noch. Darius' Magie.

Ihr dürft sie nicht haben, knurrte er, während seine erdrückende Trauer rasender Wut wich. *Sie gehört mir.*

In das transzendentale Reich einzudringen wurde bestraft. Hart bestraft.

Doch das war Max egal.

Er wäre gezeichnet, und manche würden ihn als Abtrünnigen jagen. Es würde ein Kopfgeld auf ihn ausgesetzt werden, sodass er kaum noch Frieden fände.

Trotzdem zögerte Max nicht. Das alles wäre es wert, wenn er nur Victoria hätte.

Mittels Magie schnitt er sich ins Handgelenk und hielt den Arm über die Wunde in Victorias Brust. Sein Blut vermischte sich mit dem Schnee und tropfte auf ihr verkohltes Fleisch. Die Mischung zischte, und Qualm stieg auf.

Max schloss die Augen und begann einen Sprechgesang.

Victoria wachte auf und fand sich auf einem Feld voller gelber Blumen wieder. Die Luft war vom Duft der Lilien und des sonnengewärmten Grases erfüllt, und Schmetterlinge flatterten in erstaunlich großer Zahl umher.

Victoria setzte sich auf und blickte sich verwundert um. Eben noch hatte sie in einer schneebedeckten Gasse gelegen; wie passte das mit diesem schönen Sommertag zusammen? Sie sah an sich herab und stellte fest, dass sie ein frisches, sauberes Leinenkleid trug. Stirnrunzelnd hob sie eine Hand an ihre unversehrte Brust.

Wo war Max? Und wo war sie?

Eine Männerhand tauchte vor ihrem Gesicht auf.

Victoria sah empor und entdeckte ein geliebtes Gesicht, von dem sie geglaubt hatte, es nie wiederzusehen.

»Darius.«

»Hallo, Vicky.« Sein schöner Mund verzog sich zu einem liebevollen Lächeln. Sonnenlicht beschien sein goldenes Haar und brachte es auf atemberaubende Weise zum Leuchten. Victoria wurde die Brust eng. Das Grübchen an seiner Wange weckte eine Flut kostbarer Erinnerungen.

»Wo sind wir?«

Sie nahm die Hand, die er ihr hinhielt, und ließ sich von ihm aufhelfen.

»Zusammen«, antwortete er schlicht. »Obwohl ich immer bei dir war.«

Darius verwob seine Finger mit ihren. »Gehst du mit mir?«

»Bin ich tot?«

Er neigte den Kopf, als würde er jemandem lauschen, den Victoria nicht hören konnte. Seine schönen Züge nahmen einen nachdenklichen Ausdruck an, und er schürzte die Lippen. Dann ging er los und zog Victoria mit sich. Er vergaß, ihr zu antworten. Oder er wollte es nicht.

Als sie gingen, erkannte Victoria, wo sie waren: in Südfrankreich. An einem der Orte, die sie als Paar besucht und gemocht hatten.

»Warst du die ganze Zeit hier?«, fragte sie.

»Nein, ich düse hin und wieder ein bisschen herum.«

»Du düst herum?«

Er sah sie mit diesem typischen Augenzwinkern an. »Ich halte mich auf dem Laufenden, was die Umgangssprache betrifft.«

Von den Blumen, die unter ihren Schritten umknickten, stieg ein verlockend süßer Duft auf. In gewisser Weise war es paradiesisch. Trotzdem verzog Victoria vor Schmerz und Sehnsucht das Gesicht.

Max. Ihre Angst um ihn beherrschte ihre Gedanken.

»Wo sind wir, Darius?«

»Du weißt, wo wir sind.« Er blickte geradeaus und enthüllte ihr nichts, zeigte ihr lediglich sein klassisch elegantes Profil.

»Dann ist es für mich vorbei?«

»Kann sein.« Mit einer Handbewegung bedeutete er ihr, sich auf eine geschwungene Bank unter einem Baum zu setzen. Der Baum war eine Sekunde zuvor noch nicht da gewesen.

»Du verfügst immer noch über Magie«, sagte Victoria.

»Sie ist tief in uns verwurzelt.«

Victoria setzte sich und zupfte rastlos am Saum ihres Kleids. Ihre innere Unruhe wurde mit jedem Atemzug größer, und sie musste dringend etwas tun. Für sie tickte die Uhr doppelt so schnell, was in einem quälenden Widerspruch zu der allumfassenden Gelassenheit stand, die sie um sich herum wahrnahm.

Darius setzte sich neben sie und ergriff ihre Hand. »Als ich dich zum ersten Mal sah«, sagte er leise, »wusste ich, dass du die Einzige für mich warst. Es war wie eine Erleuchtung, eine plötzliche Gewissheit. Noch bevor ich ein Wort mit dir gewechselt hatte, war ich sicher, dass du mich glücklicher machen würdest, als ich jemals war oder je ohne dich sein könnte.«

Tränen brannten in Victorias Augen, sodass ihre Sicht verschwamm. »Ich empfand genauso.«

»Ich wusste immer, dass du mich liebtest.«

»Ja ...«

»Und ich wusste auch, dass ich nicht dein Seelenverwandter war.«

Victoria erstarrte. Darius lächelte, doch seine schönen Züge waren von Kummer gezeichnet.

»Was meinst du?«

»Du warst alles, was ich brauchte, Victoria, aber ich konnte nicht alles sein, was du brauchtest. Mir fehlte die feste Hand. Du warst zufrieden bei mir, doch du bist nicht aufgeblüht.«

»Nein«, widersprach sie und lehnte sich ein wenig zurück, damit sie ihn richtig ansehen konnte. »Das stimmt nicht.«

»Doch.« Er legte seine Hand an ihre Wange und strich mit dem Daumen über ihren Wangenknochen. »Deshalb gab ich dir meine Kraft. Ich wollte, dass du eine Wahl hast. Du solltest die Chance bekommen, es beim nächsten Mal richtig zu machen.«

»Es war schon das erste Mal richtig«, beharrte sie. »Ich werde dich immer mögen, immer lieben.«

»Ich weiß.« Der Kummer schwand aus seinen blauen Augen und wich jenem schelmischen Funkeln, in das Victoria sich einst verliebt hatte. »Was wir hatten, war perfekt … aber nun hast du etwas noch Vollkommeneres. Ich wünschte, ich hätte das für dich sein können. Dennoch bin ich dankbar für das, was wir hatten. Ich weiß, dass es etwas Wunderbares war.«

»Ja, das war es.« Victoria sah zu der Blumenwiese um sie herum. »Was passiert jetzt?«

»Jetzt entscheidest du.« Er drückte ihre Hand. »Bleib bei mir, oder lebe deine restlichen acht Leben.«

Sie stieß ihn mit der Schulter an. »Das ist ein Mythos.«

Darius grinste. »Ach ja?« Er stand auf.

Victoria erhob sich ebenfalls und sah ihn an. »Bist du glücklich?«

»Natürlich.« Sein Grübchen wurde sichtbar. »Ich bin immer bei dir. Mehr kann ich nicht verlangen.«

»Möchtest du, dass ich bleibe?«

»Ich möchte, dass du glücklich bist«, antwortete er leise und inbrünstig. »Ob mit mir oder mit Westin. Er liebt dich fast so sehr wie ich. Und er kämpft in diesem Moment darum, dich zurückzuholen.«

»Ich liebe ihn.« Ihr liefen die Tränen über die Wangen.

»Das freut mich, Vicky.«

»Ich liebe dich auch.«

»Das weiß ich.«

Sein goldenes Haupt senkte sich, und sein Mund näherte sich Victorias. Dabei bewegte er sich langsam, jedoch herzzerreißend vertraut. Der Druck seiner Lippen auf ihren beruhigte die Rastlosigkeit in ihr. Sie hatte nie eine Chance gehabt, sich von ihm zu verabschieden, weil er ihr zu schnell genommen wurde. Und dieser fehlende Abschluss setzte ihr seit Jahrhunderten zu.

Victoria krallte die Hände in Darius' Leinenhemd und küsste ihn verzweifelt. Nicht mit der Leidenschaft, die sie für Max empfand, sondern in Erinnerung an die Liebe, die sie einst teilten. Es war ein bittersüßer Abschied. Dennoch fühlte er sich vollkommen richtig an. Victorias Platz war jetzt an Max' Seite. Ihm gehörte ihr Herz.

»Danke«, flüsterte sie. »Ich hätte ihn ohne dich nicht retten können.«

»Ich sehe dich auf dieser Seite wieder, meine Liebe«, entgegnete Darius leise. »Bring dich bis dahin nicht in Schwierigkeiten.«

Sie versuchte, die Augen zu öffnen, sank aber in tiefe Dunkelheit.

Beim Aufwachen fühlte Victoria, wie Schnee auf ihr Gesicht fiel. An ihrer rechten Seite spürte sie Wärme und rollte sich hin, stöhnte allerdings, als ihr ein brennender Schmerz durch die Brust fuhr.

»Kätzchen?« Das Staunen in Max' Stimme war nicht zu verkennen.

»Hi.« Sie presste ihre Wange an sein durchnässtes Hemd. »Hast du mich vermisst?«

»Das ist nicht witzig, verdammt! Ich könnte dich umbringen, dass du mir das zugemutet hast.« Er drückte sie an sich, und sie fühlte, dass er am ganzen Leib zitterte. »Was für ein beschissener Streich, und noch dazu an Weihnachten.«

»Tut mir leid, Baby.« Sie legte eine Hand um seine Hüfte.

Kümmere dich gut um sie, Westin.

Darius' Stimme durchfuhr sie wie eine Liebkosung.

»Das werde ich«, versprach Max heiser.

Victoria drehte den Kopf und sah Darius wenige Meter entfernt stehen. Durchsichtig und leuchtend, beobachtete er sie mit warmen, liebevollen Augen.

Leb jetzt für dich selbst, befahl er sanft. *Du hast genügend Jahrhunderte für mich gelebt.*

Sie nickte.

Mit einem Winken verschwand er.

Und mit einem Fingerschnippen waren auch Victoria und Max fort.

Epilog

Sechs Tage später …

»Wenn du das noch einmal machst«, knurrte Max und beugte sich auf seinem samtbezogenen Bett über sie, »schlage ich dir den Arsch grün und blau.«

»Soll das eine Drohung sein?« Sie schnurrte, als er seinen herrlichen Schwanz in sie hineinstieß.

»Du hast ja keine Ahnung, Kätzchen.« Er zog sich zurück, um sogleich tiefer in sie einzudringen, sodass die Spitze seines Schwanzes eine empfindliche Stelle in ihr streichelte. »In der Gasse dachte ich, dass ich den Verstand verliere, und das wäre auch geschehen, hätte Darius dich nicht zu mir zurückgebracht.«

»Ich werde immer wiederkommen, Max.«

Er hielt ihre Hüfte mit einer Hand und reagierte auf ihren anzüglichen Tonfall, indem er hart in sie hineinstieß. »Komm jetzt für mich«, raunte er verbissen.

Sie tat es mit einem Maunzen und rang nach Luft, als heiße Wonne ihre sämtlichen Sinne erfasste wie eine grell strahlende Explosion.

Ein Brummen vibrierte in Max Brust. »Scheiße, dieser Laut macht mich höllisch scharf.«

»Nach fast einer Woche mit nichts als Duschen, Essen und Sex?«, fragte sie atemlos. »Du bist unersättlich.«

»Ich genieße lediglich mein Weihnachtsgeschenk, Kätzchen. Außerdem liebst du es.«

Max blickte sie mit seinen grauen Augen an, und Victoria wurde klar, dass sie ihn nie mehr geliebt hatte. Die ganze letzte Woche hatte er sie nicht außer Reichweite gelassen, ihre Lieblingsspeisen für sie gekocht, sie von Hand gefüttert und ihr das Haar und den Körper gewaschen. Für eine Gehilfin war es der Himmel auf Erden, und sie genoss es wie Sonnenschein nach einem langen, trüben Winter.

»Max …«

Er stieß seinen Schwanz weiter rhythmisch in sie hinein, allerdings langsam und tief, damit sie sich erholen konnte und dennoch jeden Millimeter von ihm fühlte.

Victoria legte den Kopf in den Nacken und grub die Fingernägel in Max' Rücken, während ihre Möse vor Wonne um ihn herum zuckte.

»Oh ja«, murmelte er und lächelte gerissen. »Du liebst es eindeutig.«

»Ich liebe dich.« Sie bot ihm ihren Mund an, und er nahm ihn mit atemberaubender Leidenschaft ein.

»Ich liebe dich auch.«

Endlich zufrieden, zeigte Victoria ihr Katzengrinsen.

DIE
SCHWARZE MAGIERIN

1

Max Westin stand in dem Café gegenüber des St.-John-Hotels und konnte seine Vorfreude auf die Orgasmen in den kommenden Stunden kaum bändigen.

Die Frau, die seine Bedürfnisse befriedigen sollte, war schon drinnen. Max hatte gesehen, wie Victoria ihren Geschäftsbesuch heute Morgen unten in Empfang nahm. Sie hatte einen schwarzen Bleistiftrock und eine smaragdgrüne Seidenbluse getragen, die perfekt zu ihren Augen passte. Und ihre Stilettos in Nude ließen ihre ohnehin schon langen Beine schier endlos wirken.

Max konnte es nicht erwarten, diese Beine an seinen Hüften zu fühlen, wo sie ihn umklammerten und vergebens versuchten, seinen Schwanz in ihr zu halten.

Der Barista rief seinen Namen, und Max ging hin, um Victorias Lieblingstee in Empfang zu nehmen, den er mit reichlich Sahne bestellt hatte. Als er auf die Straße trat, blickte er auf die Uhr und stellte fest, dass er genau rechtzeitig käme, um das Mittagessen als Ausrede vorzuschieben, um sie ganz für sich zu beanspruchen. Sein Blut pochte wild und wurde mit jedem Schritt heißer.

Zwei Tage lang war er fort gewesen, weil ihn der Hohe Rat abberufen hatte, und die Trennung von Victoria hatte ihm heftige Entzugserscheinungen beschert. Sein Schwanz hing schwer zwischen seinen Beinen, und seine Hoden waren prall und hart. Sein Verlangen, in Victorias zuckersüßem Schoß zu kommen, war überwältigend.

Max betrat das St.-John-Hotel durch die Glasdrehtür und nickte den drei Mitarbeitern an der Rezeption zu. Wäre er sicher gewesen, dass Victorias Termin vorbei war, hätte er die Distanz binnen eines Lidschlags überwunden; es war ein lachhaft simpler Zauber für einen Magier seines Kalibers. Stattdessen nahm er den privaten Aufzug, der mit einem Code gesichert war.

Als sich die Kabine in Bewegung setzte, zähmte Max sein Verlangen. Sein endloser Hunger nach seiner Gefährtin war durch die Schwarze Magie verstärkt worden, mit der er es bei seiner letzten Jagd zu tun bekommen hatte. Obwohl Victoria allemal stark genug war, um auch seine dunkelsten Gelüste zu befriedigen, wollte er sie zärtlich begrüßen. Er wollte ihr zeigen, wie sehr er sie vermisst hatte – weil er wusste, wie sehr es sie verletzte, dass er begonnen hatte, wieder allein zu jagen. Ganz gleich, wie gut seine Gründe waren.

In dem Moment, in dem die Fahrstuhltüren oben aufgingen, sah er sie. Ihm wurde die Brust eng, so überwältigend war seine Liebe zu ihr und so intensiv empfand er die Verbindung zu ihr, die einzigartig war. Sie stand im Empfangsbereich vor ihrem Büro, eine Hand in die schmale Hüfte gestützt, ein breites Lächeln auf dem wunderschönen Gesicht. Sie unterhielt sich mit den beiden Männern, die Max mit ihr auf der Straße gesehen hatte. Die Blicke der beiden verrieten, wie fasziniert sie von ihr waren. Beide Männer waren verzaubert von ihrer Schönheit und ihrem schelmischen Naturell, wie alle männlichen Wesen, und Victoria spielte mit ihnen. Sie war und blieb eben eine Katze.

Max bedeutete ihrer Sekretärin, still zu sein, damit er die Show genießen konnte, doch Victoria bemerkte ihn. Sie spürte den unglaublichen Energieaustausch zwischen ihnen ebenso wie die innere Gelassenheit, die sich einstellte, war man mit der zweiten Hälfte seiner selbst wiedervereint. Sie blickte zu ihm, und fast war es Max, als könnte er ihren Schwanz schlagen sehen.

»Ah, meine Herren«, schnurrte sie. »Nun werden Sie mich entschuldigen müssen. Der Herr, mit dem ich zum Mittagessen verabredet bin, ist hier.«

Die beiden drehten sich zu Max um und musterten ihn.

»Lass dich von mir nicht hetzen«, sagte Max. »Ich kann warten.«

»Aber ich nicht.« Sie kam zu ihm und nahm ihm den Becher ab. »Mein Lieblingstee. Ich danke dir. Wie wäre es, wenn du es dir schon mal in meinem Büro bequem machst? Ich bin gleich bei dir.«

Im Vorbeigehen streifte Max ihre kurvige Hüfte liebevoll und besitzergreifend.

Victorias Büro hatte eine durchgehende Fensterfront mit Blick auf die belebte Stadt unten und eine Fensterwand zum Empfangsbereich. Die Einrichtung war feminin, signalisierte aber Macht. Von hier aus leitete Victoria ihr Hotelimperium. Mit ihrem wachen Verstand war sie ihrer Konkurrenz stets einige Schritte voraus, während ihre katzentypische Empfindsamkeit für Bequemlichkeit, Luxus und unaufdringlichen Kundenservice sorgte.

Max knöpfte das Jackett seines Armani-Anzugs auf, streifte es ab und warf es über die Lehne des Stuhls vor Victorias Schreibtisch.

Schon bevor er sie kennengelernt hatte, hatte Max ihre

Intelligenz und ihren Ehrgeiz bewundert. Seit sie zusammen waren, hatten sich seine Wertschätzung ihrer Person und sein Respekt für sie noch vertieft. Hier zu sein, in ihrem Büro, steigerte seinen Stolz auf alles, was sie erreicht hatte. Ihm war bewusst, welches Glück er hatte, der Mann zu sein, der sie sein Eigen nennen durfte. Und er würde sich immer wieder für sie entscheiden, wohlwissend, was es ihn kostete und was er für das Leben mit einer so überragenden Frau riskieren musste.

Sie kam ins Büro geeilt, ihre Augen leuchtend vor Liebe und Freude über das Wiedersehen. Ihr schimmerndes schwarzes Haar war sehr kurz geschnitten, um ihren schmalen Hals und die feinen Wangenknochen zu betonen. Die Haarfarbe und die Augen blieben, wenn sie in Gehilfinnengestalt wechselte. In beiden Gestalten – als Frau und als Katze – war sie atemberaubend.

Seine Liebe zu ihr erregte ihn und weckte alle Urinstinkte in ihm. Sie war geradezu verwildert gewesen, als sie sich zum ersten Mal begegnet waren. Max hatte den Auftrag erhalten, sie entweder zu zähmen, damit sie mit einem neuen Zauberer verpaart werden konnte, oder sie auszulöschen. Am Ende hatte er nicht anders gekonnt, als sie für sich zu behalten. Sie war für ihn so lebenswichtig geworden wie die Luft zum Atmen. Und die Schatten von Wildheit in ihr passten perfekt zu Max' Neigung, sich an den Rändern der schwarzen Magie zu bewegen.

Victoria kickte die Tür hinter sich zu und durchquerte den Raum mit der geschmeidigen Eleganz einer Katze. »Ich habe dich wie verrückt vermisst, Max.«

»Nicht mehr als ich dich.« Er legte beide Hände um ihren Hals, als wollte er sie an das Halsband erinnern, das sie an ihn band. Dann umgab er den Raum mit einem Blendzauber, sodass ihre Umarmung von draußen nicht zu sehen wäre, und bewirkte, dass niemand sie stören wollte.

Er war zu Hause angekommen. Victoria war sein Zuhause.

Max küsste sie stürmisch, drang mit der Zunge tief in ihren Mund ein und streichelte ihre. Unwillkürlich griff er fester zu, nicht so sehr, dass er ihr die Luft abschnitt, aber doch mit genügend Druck, um ihre Gedanken von der Arbeit ab- und auf den Ort zu lenken, an dem es nur sie beide gab. Victoria sank stöhnend gegen ihn, warf sofort alles Dominante ab und ergab sich Max' unersättlichem Hunger nach ihr. Eine wilde Freude erfüllte ihn.

Ich liebe dich. Ihre inbrünstige Liebeserklärung strich durch Max' Gedanken und verscheuchte die Schatten, die seit zwei Tagen über ihm hingen. Schwarze Magie war verführerisch, und seine Jagd nach zwei besonders hartnäckig Praktizierenden hatte Max' Sehnsucht nach ihr neu belebt. Ohne Victorias Liebe hätte er womöglich der Verlockung nachgegeben. Doch sie hielt ihn bei Verstand und erdete ihn, während seine Kräfte mit jedem Tag wuchsen.

Er löste die Lippen von ihren und flüsterte ihr ins Ohr: »Warst du brav, solange ich weg war?«

Victoria drückte ihn. »Natürlich. Doch es war hart.«

Max hob den Kopf und sah sie an. Er fuhr mit dem Daumen über ihre Unterlippe. Ihm war klar, wie rasend ihr Verlangen sein musste, nachdem sie seinen Befehl befolgt und sich die zwei Tage, die er fort gewesen war, nicht selbst befriedigt hatte. »Nicht so hart, wie mein Schwanz seit zwei Tagen ist. Ich wollte bis nach dem Mittagessen warten, aber ich brauche deinen Mund jetzt, Kätzchen.«

Sie knabberte an seiner Daumenkuppe, die Augen unterwürfig gesenkt. Max bewegte sich mit ihr rückwärts, bis er vor ihrem Schreibtisch angekommen war und sich halb auf die Kante setzte.

»Fass mich an«, befahl er, weil er ihre Hände auf sich brauchte.

Hastig knöpfte sie seine Weste auf und strich über seine Krawatte. »Was wollte der Hohe Rat?«

»Was er immer will.« Er zögerte, weil er ihr nicht die schöne Stimmung vermiesen wollte. »Sirius Powell ist ausgebrochen.«

Victoria erstarrte, ihre Hand genau über seinem Herzen. Dann zog sie einen Stuhl heran und setzte sich. »Wie kann das sein?«

»Er hatte Hilfe. Xander Barnes entkam mit ihm.«

Victorias Hand wanderte zu ihrem Hals und tastete nach dem Band, das nur jene sehen konnten, die Magie praktizierten. *Sein* Halsband – das Symbol ihrer Unterwerfung und seines Besitzanspruchs. Victoria begriff den Ernst dieser Neuigkeit. Sowohl Powell als auch Barnes waren gefährliche Abtrünnige, die so süchtig nach schwarzer Magie waren, dass sie jene töteten, die sie praktizierten, um ihre Kräfte zu maximieren.

Sie fragte nicht, warum der Hohe Rat Max als Jäger ausgewählt hatte. Ihr war bewusst, dass er grundsätzlich die erste Wahl war, ging es darum, andere zu jagen – die zu tief in die Schwarze Magie eingetaucht und nicht mehr zu retten waren. Trotzdem erklärte Max: »Ich war derjenige, der sie überhaupt erst gefangen nahm.«

Victorias Hand sank auf ihren Schoß und ballte sich zur Faust. »Natürlich. Waren sie da getrennt oder zusammen?«

»Getrennt. Diesmal lautet mein Befehl allerdings anders. Jetzt soll ich sie einfach nur auslöschen.«

»Du sagst ›ich‹ statt ›wir‹.« Ihr Blick wurde härter. »Wir sind ein Team, Max. Du arbeitest nicht mehr allein.«

Er umfing ihr Gesicht mit den Händen. Als Jäger Abtrünniger sollte er keine Gehilfin haben. Auch wenn Gehilfen die Kräfte von Zauberern und Hexen enorm stärkten, stellten sie in einer Schlacht eine schreckliche Schwäche dar. Das wusste Max aus erster Hand, seit er Victoria im Kampf gegen das Triumvirat fast verloren hatte. Ihr Anblick, blutend und sterbend im Schnee jener Nacht, hatte ihn an den Rand des Wahnsinns getrieben. Dennoch würde er sie nie aufgeben; das konnte er nicht. Er hatte alles aufgegeben, wofür er jemals gearbeitet hatte, auf den Sitz im Hohen Rat verzichtet und damit den Zorn des Rats auf sich gezogen. Nur war sein Leben ohne Victoria einfach nicht lebenswert.

»Es gibt einen Grund, weshalb Jäger keine Gehilfinnen haben«, erinnerte er sie sanft. »Außerdem ist dies hier eine unerledigte Angelegenheit aus meiner Zeit vor dir.«

»Genau wie mein Kampf gegen das Triumvirat«, konterte sie. »Aber ich habe dich mit mir kämpfen lassen. Wage es ja nicht, mich wie eine Belastung zu behandeln!«

Seine Fingerspitzen folgten ihren geschwungenen Augenbrauen. »Du bist mein Herz.«

»Max.« Ihre Stimme wurde weicher. Doch als sie ihn prüfend ansah, verengten sich ihre Augen und nahmen einen berechnenden Ausdruck an, wie die einer klugen Katze.

Um sie abzulenken und an den Befehl zu erinnern, den sie noch zu befolgen hatte, schwenkte er die Hand, sodass er nackt vor ihr stand. Seine Kleidung lag ordentlich zusammengefaltet hinter Victoria auf dem Sofa. Sie saß nun auf Augenhöhe mit seinem Schwanz und leckte sich die Lippen. Für einen Moment rang sie mit ihrem Verlangen, dann gab sie nach und umfing ihn mit ihren schmalen Händen.

Max' Hände glitten zu ihrem Hals und hoben ihr Kinn an, sodass sie ihn ansehen musste. »Du wirst meinen Schwanz lutschen, weil es mir gefällt, und nicht, weil du es als eine Methode siehst, mich zu gängeln.«

»Warum kann es nicht beides sein?«, provozierte sie ihn.

»Ach, Victoria«, raunte er, und sein Blut erhitzte sich bedenklich. Mit einem Gedanken beschwor Max eine seidige Kordel herbei, die sich um Victorias Handgelenke legte und ihr die Hände auf dem Rücken fesselte. »Beschäftigen wir deinen hübschen Mund lieber mit anderem, bevor ich dich schlagen muss.«

»Max …« Sie zitterte vor Erregung, und ihre harten Nippel zeichneten sich unter der Bluse ab. So gern sie auch die Kontrolle hatte, trat Victoria sie bereitwillig ab – an ihn. Nur ihn.

»Auf die Knie«, murmelte er und streichelte sich.

Victoria glitt katzenhaft elegant von dem Stuhl auf den Boden.

Er umfing seinen Schwanz und rieb einen Lusttropfen heraus. »Leck ihn ab, Kätzchen. Mit deiner heißen, rauen Zunge.«

Sie neigte den Kopf, öffnete den Mund und stöhnte, als Max eine Hand um ihren Kopf legte und mit der anderen sein Glied in ihren Mund einführte.

»Tief und langsam«, wies er sie an.

Max beobachtete, wie sie sich unterwarf, und ein Stöhnen entfuhr ihm, sobald er sie fühlte. Ihr Mund umschloss die empfindliche Spitze mit feuchter Wärme. Max' Kopf fiel nach vorn, und seine Augen schlossen sich zu Schlitzen, als ihm die Lider schwer wurden vor Verlangen. Er berührte Victorias Haar, strich mit den Fingern durch die kurzen, seidigen Strähnen und versuchte, ihr wortlos zu vermitteln, wie sehr er sie schätzte.

Dann saugte sie, nahm ihn tiefer in sich auf, und sein Körper versteifte sich, als die schiere Wonne seine Selbstbeherrschung zunichtezumachen drohte.

Sein Schwanz war so hart, dass es schmerzte. »Du machst das so gut. Nichts ist besser, als deinen gierigen kleinen Mund zu ficken.«

Ihre verwegene Zunge flatterte über die Unterseite der Eichel, und Max brach der Schweiß aus. Victoria blickte zu ihm auf, und ihre grünen Augen glühten vor Liebe, während in ihren smaragdgrünen Tiefen die Gewissheit weiblicher Macht loderte. Ihre Zungenspitze ertastete die Öffnung oben und schleckte den Vorerguss auf.

»Du bist so wunderschön …« Max erschauerte, als sie seine Hoden mit der Wange rieb. Sie waren schon straff und schwer von dem Samen, den er dringend in Victorias Kehle spritzen wollte. Sie sog kräftig an der zarten Eichel und molk ihn. Gierig schluckte sie, schnurrte dabei und lockte noch einen Tropfen seines Safts hervor.

Genüsslich summend, kostete sie seinen Geschmack aus, sog fester und rieb die Spitze mit ihrer Zunge.

Max ballte die Fäuste, eine an seiner Seite, die andere in Victorias Haar. Sein Bauch spannte sich an, und sein Körper kämpfte gegen den baldigen Orgasmus. Victorias

Mund war so weich und heiß, ihre Lust so wild. Das erotische Geräusch erfüllte den Raum und trieb Max erst recht dem Höhepunkt entgegen.

»Du bringst mich um«, sagte er angestrengt. Seine Brust wurde eng vor Liebe zu Victoria. »Nicht zu schnell. Mach langsamer.«

Sie stöhnte an seinem Schwanz, als würde sie ihm huldigen, und gab ihn frei, um die Spitze zu küssen, bevor sie die gewölbte Ader mit der Zunge nachmalte. Es war ein solch gnadenloses Hochgefühl, dass es das bisschen Selbstkontrolle vernichtete, das Max nach Tagen ohne sie geblieben war. Dunkle Magie begehrte in ihm auf, kämpfte gegen die Emotionen, die Victoria weckte. In der Schwarzen Magie gab es keinen Platz für Liebe. Und keinen Platz für Schwarze Magie in Max' Verhältnis zu seiner Geliebten.

»Max«, hauchte sie. »Zügle dich nicht.«

Sie schmollte und lächelte streng, da sie glaubte, dass er sie neckte. Die Wahrheit war weit weniger schön, wenn auch von seiner Sorge um sie motiviert. Auf dem Höhepunkt würde seine Magie in sie hineinströmen, durch ihre Gaben gesteigert werden und in ihn zurückkehren. Dann würde Victoria den Aufruhr in ihm fühlen und erkennen, woher er rührte.

Wieder nahm sie ihn tief in den Mund, und ihre Wangen wölbten sich nach innen.

»*Victoria.*«

Ihre Zunge flatterte über die empfindliche Unterseite, neckte ihn und versprach ihm einen explosiven Höhepunkt.

Max hielt Victorias Kopf, sodass sie ihn nicht mehr bewegen konnte, wiegte die Hüften und vögelte ihren willigen kleinen Mund in seinem Tempo. Während er rein- und rausglitt, steigerte er sein Wohlgefühl langsamer, bis er die ersten Beben eines Orgasmus spürte. Dann verlangsamte er noch weiter, um den Rausch voll auszukosten.

»Verdammt«, knurrte er. Seine Knie wurden weich vor Verlangen nach der tagelangen Entbehrung.

Victoria wimmerte, saugte kräftig und ließ ihre Zunge kreisen. Dass sie ihn so dringend erfreuen wollte, rührte ihn und trieb ihn an, ihr zu geben, was sie wollte. Er ließ sie los, stützte seine Hände auf den Schreibtisch, krallte seine Finger um die Kante.

Victoria senkte den Kopf, nahm ihn wieder und wieder tief in ihren Mund auf, und ihre Augenlider fielen flatternd zu, als sie sich ganz auf ihn konzentrierte. Ihre vollen Lippen bewegten sich an ihm auf und ab, streichelten ihn und lockten seinen Samen hervor. Zwischendurch blickte sie zu ihm auf. Ihre Nippel reckten sich hart, bettelten geradezu darum, dass er sie berührte.

Er umfing ihre Titten mit beiden Händen, drückte sie und umkreiste die straffen Spitzen mit den Daumen. Victoria erbebte stöhnend, und die Vibration übertrug sich auf Max. Ihre Pheromone schwängerten die Luft mit einer solch erotischen, verlockenden Note, dass Max ihr nicht widerstehen konnte.

Laut nach Luft schnappend, kam er. Beim ersten Pulsieren zuckte er zusammen, und Hitze raste seinen Rücken hinab, bevor das Ejakulat durch seine Schwanzspitze entwich. Knurrend ergoss er sich in Victorias Mund, pumpte seinen Samen auf ihre flatternde Zunge. Ihre Lippen umklammerten ihn, als sie von ihm trank. Max sah verschwommene Punkte vor seinen Augen und atmete schwer, während ihn der Orgasmus erschütterte. Magische Energie wurde in ihm freigesetzt und verließ explosionsartig seinen Leib.

Die Lichter im Raum flackerten wild. Mit einem Schmerzensschrei absorbierte Victoria die Magie, so gut sie konnte, während der Energieschwall die Kordel um ihre Handgelenke zerriss. Die Glühbirne in ihrer Schreibtischlampe zerbarst. Dunkle Magie zischte durch den Raum, prallte gegen Max' Brust und warf ihn zurück gegen den Schreibtisch.

Victoria richtete sich wacklig auf, umfing Max und hielt ihn fest. Er vergrub das schweißnasse Gesicht an ihrer Schulter und drückte sie an sich, während er unter der nun in ihm pulsierenden Energie erschauderte und das Gefühl hatte, am ganzen Körper hämmernde Schmerzen zu haben.

Victorias Finger gruben sich in seinen Rücken. »Max … Was hast du getan?«

2

Xander Barnes hob sein Weinglas an die Lippen und blickte durch die Fenster des Restaurants zur Bistroterrasse auf der gegenüberliegenden Straßenseite. Dort fütterte Max Westin seine schöne Gehilfin mit köstlichen Häppchen. »Wir müssen sie auslöschen«, sprach er seinen Gedanken laut aus. »Sie macht ihn zu stark. Wir können ihn nicht erledigen, solange er sie hat.«

»Hm.« Sirius Powell schnitt sein Steak. »Bevor ich die beiden zusammen sah, hätte ich dir zugestimmt. Aber jetzt bin ich anderer Ansicht. Siehst du, wie er sie ansieht? Er liebt sie. Es wäre Verschwendung, solch eine Schwäche für nur einen einzigen Schlag auszunutzen.«

Xander verschränkte die Arme. Eine sanfte Brise strich durch sein kupferrotes Haar. »Dann müssen wir sie irgendwie anders gegen ihn einsetzen.«

»Ja, das denke ich.«

»Sie hat Darius Whitacres Kräfte.«

Sirius lächelte. Die Gehilfin war einzigartig dank ihres vorherigen Meisters, der seine Kräfte auf sie übertragen hatte. Jene Magie machte sie stark, was wiederum Max Westin stärkte, doch sie schuf auch eine neue Verwundbarkeit. »Whitacres Kräfte machen sie empfänglich für Schwarze Magie. Wir müssen ihr nur den richtigen Anreiz bieten, das zu nutzen.«

»Westin hat bereits mit Schwarzer Magie gespielt, um uns anzulocken. Falls sie bisher noch keine Kostprobe hatte, wird sie die bald bekommen.«

»Und sie wird mehr wollen«, ergänzte Sirius. »Darius' Magie ist nicht ihre einzige Schwäche. Westin ist auch eine. Und bedenkt man, wie besitzergreifend Gehilfinnen sind, wird sie nicht daran erinnert werden wollen, wie viele Hexen Westin bereits genossen hat.«

Xander lachte leise. »Du willst eine Gehilfin eifersüchtig machen? Du bist böse.«

Sirius spielte mit dem langen Zopf, der ihm über die Schulter hing. »Und wir bekommen eine großartige Show geliefert. Wen wollen wir nehmen, um die Sache ins Rollen zu bringen?«

»Jezebel Patridge«, antwortete Xander prompt. »Sie und Westin haben es eine ganze Weile heiß und heftig getrieben. Als er mich damals gejagt hat, hatte ich schon erwogen, sie als Druckmittel zu verwenden, aber das ergab sich nicht mehr.«

»Und wie sollen wir sie deiner Meinung nach für unsere Zwecke gewinnen?«

Grinsend lehnte Xander sich auf seinem Stuhl zurück und trank von seinem Wein. »Mit einer Nachricht von Westin persönlich. Die lässt sich leicht fälschen.«

Sirius prostete ihm mit seinem Glas zu. »Das dürfte spaßig werden.«

Etwas stimmte nicht.

Victoria beugte sich über die Schwelle zur Küche und beobachtete, wie Max das Abendessen bereitete. Seit ihrem ersten Abend, als er auf Befehl des Hohen Rats in ihr Leben getreten war, um sie entweder zu zähmen oder zu töten, umsorgte er sie. Nie zuvor in ihrem langen Leben war Victoria so verwöhnt worden. Im Gegenzug verlangte Max nichts als ihre Liebe, Vertrauen und Unterwerfung, und trotz ihrer Alphaweibchenzüge gab sie ihm all das freiwillig.

Mit einem bewundernden Blick nahm sie jeden köstlichen Zentimeter von ihm in sich auf, von seinem Kopf bis zu seinen Zehenspitzen. Sein pechschwarzes Haar fiel ihm in dichten Locken auf die Schultern und umrahmte ein so ausgeprägt maskulines Gesicht, dass Victoria schon bei seinem Anblick erschauerte. Seine Augen waren vom Grau eines sommerlichen Gewitterhimmels, und seine Lippen waren einfach göttlich, fest und wunderbar geformt.

Die Muskeln an seinen starken Armen und dem Rücken bewegten sich, als er am Herd arbeitete – in nichts als einer Seidenpyjamahose. Seine nackten Füße waren eine teuflische Verlockung für Victorias Katzensinne. Sie lockten sie, die Gestalt zu wechseln und um Max' Knöchel zu streichen. Seine Haut war von der Farbe satten Karamells, straff und seidenweich. Sein wohlgeformter Hintern bewirkte immer wieder, dass Victoria das Wasser im Mund zusammenlief, und als Max sich zur Spüle drehte und sie die Wölbung seines Schwanzes sah, zog sich ihr Schoß gierig zusammen, weil sie ihn dringend in sich haben wollte.

Die zwei Tage ohne ihn waren schon qualvoll genug gewesen, doch die Stunden seit dem Mittagessen noch schlimmer. Zwischen ihnen hatte sich eine Kluft aufgetan, als sie Victorias Büro verließen. Dass Max nun zu Hause war und doch so distanziert, war physisch wie emotional schmerzhaft. Er sperrte sie aus, wie er es nie zuvor getan hatte. Obwohl er immer noch liebevoll und aufmerksam war, bestand kein Zweifel, dass er ihr nicht verraten wollte, wo er die letzten zwei Tage gewesen war und was er gemacht hatte. Beim Mittagessen hatte er über alles andere gesprochen, nur nicht darüber, wie er sich bezüglich des Befehls des Hohen Rats entschieden hatte.

Max hatte schon immer graue Magie benutzt. Doch was Victoria heute gespürt hatte, war viel gefährlicher gewesen. Und weitaus verführerischer.

Noch jetzt fühlte sie die Dunkelheit, die seine Seele umhüllte, und die eiserne Kontrolle, die er ausübte, um sie zu bändigen. Die Jagd nach Magiern vom Kaliber eines Sirius Powell und Xander Barnes würde ihn an seine Grenzen bringen. Der Auftrag würde seine Kraft auf vielfache Weise fordern, und es oblag Victoria, ihn dabei zu unterstützen. Doch wie sollte sie, wenn er sich ihr nicht öffnete?

Sie öffnete den Gürtel ihres schwarzen Seidenmorgenmantels, ging zu ihm und presste ihren entblößten Oberkörper an seinen Rücken, indem sie die Arme um ihn schlang. Ihre Handflächen strichen über seinen Waschbrettbauch und seine festen Brustmuskeln, und Victoria drückte seinen harten, heißen Körper gierig.

»Ich liebe dich, Max«, murmelte sie mit den Lippen an seinem Schulterblatt.

»Weiß ich, Kätzchen.«

Sie ließ ihre Hände weiter nach unten wandern und packte ihn zunächst durch den Seidenstoff, ehe sie das Band lockerte und seinen Schwanz direkt in die Hand nahm. »Ich brauche dich.«

Er schwoll in ihrer Hand an, was ihr ein verzücktes Schnurren entlockte. Ihre Nippel wurden hart, und ihre Scham wurde weich und bereit. Sie rieb ihn, damit er länger und härter wurde und sie erfreuen würde.

Abrupt schaltete Max den Herd aus und wandte sich zu ihr um. Mit atemberaubender Leichtigkeit übernahm er das Kommando und bog ihr die Arme auf den Rücken, wo er ihre Handgelenke mit einer Hand umklammert hielt. Vor Erregung errötete Victoria am ganzen Leib.

Max war über sie gebeugt, und seine Augen funkelten. Mit der freien Hand zog er eine Linie von Victorias Hals bis hinunter zu ihrer Scham, die er besitzergreifend packte. »Was willst du, Victoria?«

»Dich.« Sie spreizte die Beine, lud ihn ein, sie zu berühren. »Ich will dich immer, schon seit dem Moment, als du in mein Leben getreten bist.«

Er öffnete ihre Schamlippen und rieb sanft ihre Klitoris. »Du hattest mich von Anfang an.«

Alles an ihr wurde weich, und ihr Herz pochte, weil sie so gehalten und verwöhnt wurde. »Es fühlt sich nicht an, als hätte ich dich jetzt.«

Er umkreiste die Öffnung mit geschickten Fingerspitzen. »Du besitzt mich.«

Sie schnappte nach Luft, als er den Kopf senkte und mit samtiger Zunge über eine ihrer harten Brustwarzen leckte. »Warum redest du dann nicht mit mir über das, was die letzten Tage war?«

Sein seidiges Haar streifte die Wölbungen ihrer Brüste. Seine Lippen umfingen die schmerzende Brustwarze, und seine Wangen fielen ein, als er an ihr sog. Gleichzeitig drang er mit zwei Fingern in sie ein. »Du hast mir gefehlt«, raunte er an ihrer feuchten Haut. »Ich würde dich ohne Ende ficken, wenn ich könnte, und für immer in dir bleiben. Wenn ich nicht in dir bin, denke ich daran, es zu sein. Sehne mich danach. Ich fühle mich nicht vollständig, wenn ich kein Teil von dir bin.«

»Sei jetzt ein Teil von mir«, flüsterte sie und wiegte die Hüften über seinen sanft stoßenden Fingern. Ein leichter Schweißfilm bildete sich auf ihrer Haut. Ihr Schoß krampfte sich vor Verlangen danach, mit ihm vereint zu sein, zusammen.

»Ich koche gerade.« Seine whiskyraue Stimme war tief und fest, und seine Finger erstarrten … Er ließ sie fühlen, dass er da war, damit sie sich nach der Reibung und dem Rausch der Befriedigung verzehrte. »Wenn es Zeit zum Spielen ist, sage ich dir Bescheid.«

»Max, bitte.«

»Schhh. Ich werde mich um dich kümmern.« Er krümmte die Finger und streichelte den empfindlichen Punkt in ihr wieder und wieder. Mit einem leisen Schrei kam sie und erbebte in seinen Armen.

Er gab ihr, was sie wollte, ohne irgendetwas von sich preiszugeben.

Seine Lippen strichen über ihre, und ihr schwerer Atem wehte über seine Wange. »Besser?«

Victoria wimmerte, als seine Finger aus ihr verschwanden. »Nein.« Ohne sein Vergnügen fühlte sie sich leer. Unbefriedigt. »Du sperrst mich aus, Max.«

Er musterte ihre Züge voller Liebe und zugleich auf der Hut. »Du musst mir vertrauen.«

Ihr Herz zog sich schmerzhaft zusammen. »Das ist nicht fair.«

»Finde dich damit ab, Victoria«, sagte er mit ruhiger Strenge.

»Wir haben immer zusammengearbeitet«, entgegnete sie.

»Und das werden wir wieder, wenn es die Situation erlaubt.« Er umfasste ihr Kinn mit einer Hand. »Selbst mit Darius' Kräften sind deine Möglichkeiten begrenzt. Und meine Magie auf der Jagd nach zwei Abtrünnigen wie Sirius und Xander verstärken zu wollen kann nach hinten losgehen.«

»Dann lass mich dich zu Hause unterstützen! Rede mit mir. Lass mich nicht im Dunkeln tappen.«

Max' Hand glitt unter ihren Morgenmantel, zu ihrem nackten Hintern, und drückte sie fest an ihn. »Lass mich für dich sorgen. Das ist alles, was ich brauche.«

Dann neigte er den Kopf und küsste sie mit all der Leidenschaft, die er besaß und die Victoria vom ersten Moment an verführt hatte. Seine festen Lippen versiegelten ihre, seine Zunge glitt in ihren Mund, um mit ihrer zu spielen. Ein Knurren stieg in seiner Brust auf und vibrierte an ihrem Busen, wobei die zarte Behaarung seines Oberkörpers für eine fast unerträgliche Reibung sorgte. Seine Erektion presste sich hart gegen ihren Unterleib.

Er verschlang sie mit seinem Mund, kostete sie mit langen Zungenstrichen und nahm sie vollständig ein. Er tauchte seine Finger in ihr kurzes Haar und hielt ihren Kopf, während er ihr Aroma in sich aufnahm. Dann deutete er mit seinen Zungenbewegungen genüsslich ein Versprechen dessen an, was sie sich wirklich wünschte.

Victoria verlor sich stöhnend in seinen Liebkosungen. Ihre Lippen fühlten sich geschwollen und heiß an, und von dem berauschenden Effekt, den Max immer auf sie hatte, wurden ihre Lider schwer. Seine Worte hallten ihr durch den Kopf. Sein Geständnis, dass er unkontrollierbar von ihr besessen war, stand in einem seltsamen Kontrast zu der absoluten Kontrolle, die er im Umgang mit ihr bewies.

Als sie atemlos und fügsam war, hob er den Kopf, strich ein letztes Mal mit seiner Zunge über ihre geröteten Lippen und murmelte: »Zuerst wird gegessen.«

Victoria nickte, doch ihre Gedanken überschlugen sich. Sie hatte schon einmal einen Mann verloren, den sie liebte. Und sie würde einen Teufel tun, stumm dazusitzen, während es wieder passierte.

3

Max spießte noch ein Stück Jakobsmuschel auf, tunkte es in die würzige Sahnesauce und hob es an Victorias Lippen. Beim Kauen schnurrte sie, und ihre Fingernägel schabten über seinen Schenkel, als sie schluckte. Stolz und Freude durchströmten ihn, zusammen mit der Hitze von zwei Fingerbreit Scotch.

Sie schüttelte den Kopf, als er noch ein Stück Muschel aufspießte. »Nein, danke. Ich kann keinen Bissen mehr essen.«

Max legte die Gabel ab, beugte sich näher zu Victoria und leckte einen kleinen Sahneklecks aus ihrem Mundwinkel. Nie hätte er gedacht, dass er mal eine Gehilfin haben würde. Die Verantwortung war ihm wenig erstrebenswert erschienen. Aber für Victoria zu sorgen – sie zu füttern, zu baden, zu lieben – war mittlerweile der Grund, warum er atmete.

»Du hast einen Film mitgebracht«, erinnerte er sie. »Möchtest du den jetzt sehen?«

»Möchtest du?« Ihre Stimme war leise und rauchig, und ihre Wangen leuchteten vor Vitalität.

Sie war zu dünn gewesen, als sie sich begegneten, weil ihr ein Meister gefehlt hatte, der sich um sie kümmerte. Ihren vorherigen, Darius, hatte sie zwei Jahrhunderte zuvor verloren, und die Vernachlässigung seitdem hatte sich sowohl in ihrem Äußeren als auch an ihrem Temperament gezeigt. Victoria war beinahe verwildert gewesen, hatte den Hohen Rat mit willkürlichen Provokationen gereizt und zahlreiche Jäger ausgetrickst, die zu ihr geschickt worden waren, um sie zu zähmen.

Max hatte dieser Eigensinn gefallen, weshalb er sehr vorsichtig mit seiner Fürsorge für sie war, seit sie sein Eigen war. Er blieb bei der festen Hand, unter der Gehilfinnen aufblühten, ließ Victoria aber hinreichend Spielraum, um ihn weiter herauszufordern. Es war ein empfindliches Gleichgewicht, das es zu halten galt, sollten sie beide zufrieden bleiben. Max liebte Victoria mit jeder Faser seines Seins und begehrte sie mit unstillbarem Verlangen.

»Sehen wir uns den Film an«, sagte er, weil er sie in den Armen halten wollte, während er sich ihre nächsten Schritte überlegte. Er hatte vorhin beim Orgasmus die Einsicht gewonnen, wie gefährlich seine Jagd auf Sirius und Xander war. Es war befleckte Magie gewesen, die bei seinem Höhepunkt von ihm in Victoria geströmt war, und sie hatte sie ihm gereinigt zurückgegeben, doch um welchen Preis?

Victoria trug den Wein und die Gläser ins Wohnzimmer, während Max den Tisch abräumte. Als er sich in dem großen Wohnzimmer seines Lofts zu ihr gesellte, flackerten überall im Raum Kerzen, und seine Frau lag mit der Fernbedienung in der Hand zusammengerollt auf der Couch. Max nahm sich einen Moment, um ihren Körper im Kerzenlicht zu betrachten, bevor er mit einem Fingerschnippen das Feuer im Kamin entzündete. Dann sank er auf die Couch und lächelte, als sie sich an ihn schmiegte und den Film startete. Sie hatte *The Expendables 2* ausgesucht, worüber Max grinsen musste. Es war einfach so … typisch für sie. Er lehnte sich in die Polster zurück, strich mit den Fingern durch ihr Haar und überlegte, wie er seine Beute am besten aus der Reserve locken könnte.

Der Film war schon halb vorbei, als Max beschloss, dass Victoria eine Belohnung verdiente. Ihm war bewusst, dass es ihr nicht leichtfiel, sich ihm zu unterwerfen, was teils an ihrem Naturell lag, teils an Darius, der ihr seine Magie übertragen hatte, als er im Kampf gegen das Triumvirat unterlag und starb. Victoria war die mächtigste Gehilfin, von der man im Hohen Rat je gehört hatte, und ihre Paarung mit Max, dem fähigsten Jäger, machte sie noch stärker. Entsprechend schwer fiel es ihr, die Kontrolle abzutreten, was es umso wertvoller für Max machte, dass sie es für ihn tat.

Dankbar für ihre Liebe und ihr Vertrauen, strich er ihr über den Rücken und ließ seine Hand unter ihren Morgenmantel gleiten, um mit ihr zu spielen.

Sie drehte den Kopf, um ihr Gesicht an ihn zu schmiegen, und ihr Atem wehte heiß über seinen Hals, als sie flüsterte: »Ach Max … ich liebe es, wenn du mich berührst.«

Er zog sie auf seinen Schoß, sodass sie weiter zum Fernseher sah, spreizte ihre Beine über seinen und öffnete sie seiner Berührung. Ihr Kopf sank an seine Schulter, und ihr Atem ging schneller, als er ihre Schamlippen spreizte und ihre Klitoris massierte. Er drehte seinen Kopf leicht, um mit der Zunge über ihre Ohrmuschel zu fahren. Derweil ragte sein Schwanz an ihrem Hintern auf und schmiegte sich sehnsüchtig an den Spalt.

»Ich liebe es, dich anzufassen«, sagte er leise und drang mit einem Finger in ihre seidige Möse ein.

Mittels Gedankenkraft dämpfte Victoria die Lautstärke des Fernsehers, legte ihre Hand auf seine freie Hand und führte sie zu ihrer Brust. »Du brauchst mich, Max. Nicht bloß in deinem Leben und deinem Bett, sondern bei deiner Arbeit. Vor allem, wenn du solche wie Sirius und Xander jagst.«

Sein Finger glitt aus ihr heraus und kehrte mit einem zweiten zurück in ihre pochende, zitternde Scheide. »Sie werden auf dich zielen, um mich zu treffen.«

»Sicher werden sie das.« Sie holte zittrig Luft, als er sie gezielt erregte und das empfindliche Gewebe in ihr reizte. »Aber zusammen sind wir stärker als getrennt.«

Während er an ihrem Ohr leckte, drückte er seine Handfläche auf ihre Klitoris. Keuchend kam sie zum Orgasmus und erbebte um seine Finger. Zu fühlen, wie sie sich auf seinem Schoß wand, war wunderbar. Max fragte sich, wie er überlebt hatte, bevor er auf sie gestoßen war. Wenn er über seine Vergangenheit nachdachte, schien sie nur mehr aus fahlen Schatten zu bestehen, aus verschwommenen, unkonturierten Erinnerungen, Welten von seiner jetzigen Existenz entfernt.

Der Rest des Films schwirrte an ihm vorbei, weil seine Aufmerksamkeit ganz dem Schatz in seinen Armen galt. Er bewegte seine Finger gewollt langsam in ihr, fickte sie sanft, brachte sie immer wieder zum Höhepunkt, bis sie nach seinem Schwanz bettelte.

Als der Abspann lief, umfing Max Victorias Kinn mit einer Hand und drehte ihr Gesicht zu sich. Dann küsste er sie mit all dem Begehren, das niemals ganz gestillt werden könnte. Sie stieß einen leisen Laut aus, als der Kuss grob und gierig wurde, seine Zunge schnell und immer tiefer in ihren Mund drang und ihren berauschenden Geschmack aufnahm.

Victoria drehte sich in seinen Armen, hockte sich rittlings auf ihn und stieß ihre Finger in sein Haar. Es nahm ihm den Atem. Sein Schwanz war feucht vor freudiger Erwartung.

»Zeit zu spielen, Kätzchen«, sagte er heiser.

Victoria lehnte sich zurück, um Max richtig anzusehen. »Ich brauche mehr als das. Du musst mich brauchen, Max. Bei allem. Vor allem bei deiner Arbeit.«

Seine Augen wirkten, als würden dunkle Wolken hindurchjagen, und die Luft um sie herum schien sich elektrisch aufzuladen.

Er presste grimmig die Lippen zusammen. »Mir gefällt nicht, wie du diese Diskussion in unser Spiel einbringst. Du führst mich nicht an meinem Schwanz herum, Victoria. Und du kannst mich verdammt sauer machen, wenn du es versuchst.«

Sie spürte, wie sich der Gürtel ihres Morgenmantels löste, um ihre Handgelenke schlang und ihre Hände auf dem Rücken fesselte. Ihr Atem ging schneller, bis sich ihre Brust fast ruckartig hob und senkte. Zwischen ihren Schenkeln wurde sie feucht vor Verlangen; ihr Körper machte sich bereit für Max' köstliches Eindringen. Als seine Hände ihre Hüften packten, erschauerte Victoria, und ihre Lust wurde von dem Anflug von Furcht noch gesteigert. Sie wusste, dass er eher sterben würde, als ihr wehzutun. Dennoch hatte er eine dunkle Seele, und seine sexuellen Bedürfnisse waren wild und unersättlich. Sein Verlangen, Victoria zu dominieren, war ein fester Bestandteil ihrer Liebesbeziehung.

Seit sie zusammen waren, hatte er ihren Körper auf

Weisen genommen, die sie sich niemals hatte vorstellen können, hatte sie an ihre Grenzen und über sie hinaus gebracht. Er war ein begnadeter Liebhaber, der Meister ihrer Wünsche und seiner eigenen, der immer alles unter Kontrolle hatte.

Mühelos hob er sie hoch und brachte sie über der Spitze seines Schwanzes in Position. Victoria fühlte, wie er in ihre Öffnung eindrang, nur wenige Zentimeter tief, bis ihre Knie auf den Sofapolstern ruhten. Sie rang nach Luft, und der leichte Druck befeuerte ihre Vorfreude, seinen Schaft ganz in sich zu spüren.

»Beweg dich nicht«, warnte Max sie finster und verbot ihr damit, sich auf seinen Schwanz herabzusenken. »Du nimmst meinen Schwanz, wenn ich ihn dir gebe.«

Seine Hand glitt an ihrem Rücken hinauf in ihren Nacken und drückte sie nach vorn, sodass er ihren Mund einnehmen konnte. Victoria schloss die Augen, als ihre Lippen sich berührten, und durch den Winkel der Penetration drückte seine Eichel hart gegen ihren G-Punkt. Sie kniff ihre Scham um seinen Schwanz zusammen, ungeduldig, ihn ganz in sich zu fühlen, sodass er sie dehnte.

»Max«, wimmerte sie, flehte verzweifelt um Reibung.

»Melke meinen Schwanz, Kätzchen. Zeig mir, wie sehr du es willst.«

Victoria bewegte ihre Muskeln gierig und versuchte, ihn in sich hineinzuziehen.

Schließlich gab er nach, indem er ihre Hüften so fest auf seine Erektion rammte, dass Victoria aufschrie.

»*Max!*«

Er stöhnte. Sein Gesicht war gerötet und angespannt. Die Ekstase ihrer Vereinigung grub Falten in seine Züge, als er seine Hüften nach oben drückte und noch tiefer in ihr versank. »Heißer, enger kleiner Fick.«

Da ihr die Hände auf dem Rücken gebunden waren und sie halb schräg saß, konnte sie keinen Druck ausüben. Sie konnte sich lediglich Max überlassen, damit er sie so benutzte, wie er es brauchte, und sie festhielt, während er in sie hineinstieß.

Sich ihm so vollständig zu ergeben, ihm rückhaltlos ihren Körper zu überlassen, war zutiefst erregend. Victoria wurde sekündlich feuchter, und ihre Scheide zuckte in hilflosem Entzücken um seinen stoßenden Schaft. Erotische Laute füllten den Raum – Max' Knurren, Victorias leises Schnurren, das Klatschen von Haut auf Haut, das sanfte Saugen ihres cremigen Geschlechts an seinem Glied.

»Fick mich«, befahl er und richtete ihren Oberkörper auf, bis sie aufrecht auf ihm hockte. Dann fing er ihre Nippel zwischen Daumen und Zeigefingern ein, rollte sie und zog an ihnen, während Victoria ihn ritt. Das Ziehen an ihren sensiblen Stellen schien sich bis zwischen ihre Beine fortzusetzen. Max kniff sie fest genug, dass sie aufschrie, bevor er ihre Brüste mit den Händen umfing und knetete, um den stechenden Schmerz zu lindern. Unterdessen stieß er weiter in sie hinein, so tief es irgend ging.

Sein Atem wehte über ihre Haut, als er finster flüsterte: »Du fühlst dich so gut an. So feucht und eng. Deine Möse drückt mich wie eine Faust. Nur noch Sekunden, dann werde ich heftig in dir kommen.«

»Ja«, keuchte sie. Ihr Schoß zuckte vor Vorfreude und saugte gierig an ihm.

Max' Arme hielten sie in eisernem Griff. Mit einem wilden Knurren kam er zum Höhepunkt und spritzte so heftig ab, dass Victoria es fühlte. Seine Magie traf sie wie ein Vorschlaghammer, drang in sie ein, und die Schwarze Magie darin entlockte ihr einen Aufschrei.

Ihre Gehilfinnenkraft verstärkte Max' Magie und schickte sie zu ihm zurück. Er keuchte, als sie ihn traf, und sein Atem ging fauchend, während sein Höhepunkt von dem Energieschwall befeuert wurde, sein Schwanz anschwoll und Victoria mit heißem, cremigem Samen füllte.

Sie zitterte, so dringend wollte sie kommen, doch Max hatte es ihr noch nicht erlaubt, und ihr Körper wartete ungeduldig auf den Befehl.

Max stand auf, drehte sich um und legte Victoria auf die Couch, ehe er sich groß und stark über sie beugte. Mit einem Ruck seiner Hüften stieß er seinen Schwanz tief in sie hinein. Es war ein grober Akt, und Victoria merkte, dass er sich kaum noch beherrschen konnte. Zugleich wurde sein Verlangen nach ihrem Höhepunkt allein durch die Art deutlich, wie er sie nahm.

»Komm«, raunte er. »Komm jetzt.«

Victorias Rücken bog sich, als sie das Wonnegefühl durchfuhr und sich ihr Schoß um Max herum wieder und wieder zusammenzog. Sie schrie, erschüttert von Liebe, Sehnsucht und einem gewaltigen Magieschwall. Die Energie schoss aus ihr heraus, löschte die Kerzen und entzündete sie gleich wieder, sodass sie hell aufloderten. Max warf den Kopf in den Nacken und knurrte. Er wurde zum Ziel des Sturms, sein Körper zum Schauplatz des magischen Orkans.

Victoria klammerte sich an ihn, als er durchgerüttelt wurde. Sie war der Anker, den er brauchte und nach dem er doch nicht greifen wollte.

4

In den frühen Morgenstunden schlich Max sich aus dem Bett, wobei er achtgab, Victoria nicht zu wecken, die tief und fest schlief. Sie mochte es noch nicht bemerkt haben, doch er laugte sie aus, so wie sich seine Magie an ihrer bediente. Was typisch für die Schwarze Magie war, die sich wie ein Parasit benahm. Sie war gierig, zerstörte die Seele, machte Zauberer und Hexen zu Junkies, die nur noch auf ihren nächsten Schuss aus waren.

Max zog sich seine Hose an und band sie zu, während er ins Wohnzimmer ging. In den folgenden Stunden rüstete er die Schutzzauber um das Loft auf und verstärkte die Sicherheitsvorkehrungen, um seinen wertvollsten Besitz zu schützen. Er hatte Victoria im Kampf gegen das Triumvirat fast verloren und war darüber beinahe wahnsinnig geworden. In jener Nacht hatte er eine Grenze überschritten, indem er sowohl weiße als auch Schwarze Magie benutzte, um sie aus dem transzendentalen Reich zurückzuholen. Auf die Weise hatte er sie beide befleckt, indem er das heilige Gesetz brach. Die Mitglieder des Hohen Rats hatten nur beschlossen, darüber hinwegzusehen, weil sie ihn als Zauberer schätzten, der im entscheidenden Moment alles tun würde, was nötig war.

Sobald er ihr Zuhause gesichert hatte, ging er wieder ins Schlafzimmer. Die Frau in seinem Bett streckte sich wie eine Katze – die Arme hoch über den Kopf, die Beine lang nach unten. Ein leises Schnurren vibrierte in der Luft und erfüllte Max mit einer Zufriedenheit, wie er sie vor Victoria nicht gekannt hatte. Das dunkelrote Satinlaken war über ihre blasse Haut drapiert, bedeckte ihren straffen Bauch, ließ eine ihrer Brüste und ein Bein jedoch unbedeckt.

Er hätte nicht zu ihr heimkehren dürfen, nachdem er die Jagd aufgenommen hatte, sondern fortbleiben müssen, bis es vorbei war.

»Max.«

Er rang sich ein Lächeln ab, beugte sich über sie und drückte Victoria einen Kuss auf den schlafweichen Mund. »Guten Morgen.«

»Warum bist du aufgestanden?«

Er rieb seine Nasenspitze an ihrer, bevor er sich wieder aufrichtete. »Ich plane, was ich dir zum Frühstück mache.«

»Ähm …« Sie zeigte ihr Katzengrinsen, und sein Körper reagierte prompt auf die Herausforderung.

»Möchtest du vorher duschen oder hinterher?« Er genoss Victoria in jeder Form, doch nackt und nass mochte er sie besonders.

»Ich möchte den ganzen Tag mit dir im Bett liegen.«

Max holte tief Luft. Er wünschte sich dasselbe, nur konnte er es sich nicht leisten, einen vollen Tag zu verlieren. Solange Powell und Barnes frei herumliefen, war Victoria in Gefahr. »Bald, Kätzchen.«

Sie sah ihn skeptisch an. »Beginnst du die Jagd?«

»Wann, wenn nicht jetzt?« Er ging in die Küche und hoffte, dass er einen Streit würde vermeiden können.

Es war ein fruchtloses Unterfangen, wie er feststellte, als eine kleine schwarze Katze an ihm vorbeilief und sich in den Kücheneingang hockte. Victoria hätte in Menschengestalt nicht mit seinen großen Schritten mithalten können, doch als Katze überholte sie ihn problemlos.

»Schätzchen«, sagte er streng und wollte über sie hinwegsteigen, kassierte jedoch einen Krallenhieb.

Im nächsten Augenblick wechselte sie wieder die Gestalt und stand nackt in ihrer ganzen Pracht vor ihm.

Max stockte der Atem, wie jedes Mal, wenn er sie entblößt sah. Noch nie hatte er eine Frau so begehrt wie sie.

Mit einem ungeduldigen Fingerschnippen hüllte er sie in einen roten Seidenmorgenmantel. Ihm gefiel der Kontrast zu ihrer hellen Haut und dem dunklen Haar. »Wir kauen das nicht noch mal alles durch.«

»Sag mir wenigstens, wohin du gehst und wie lange du fort sein wirst.«

Er zog die Brauen hoch. »Das klang wie ein Befehl.«

»Vielleicht war es das. Du bist mir nachgekommen, Max, als ich versucht habe, aus deinem Leben zu verschwinden. Du hast mich dein Eigen gemacht. Wenn dir das zu viel ist, hättest du mich vom Hohen Rat mit Gabriel vermählen lassen sollen, wie sie es vorhatten.«

Victoria! Magie strahlte von ihm aus, ebenso wie ätzende Eifersucht. Er durfte sie sich nicht mit einem anderen vorstellen, weil es ihn rasend machte. »Du treibst es zu weit, Kätzchen.«

»Du stößt mich weg!«, entgegnete sie.

Er erkannte die Angst in ihren Augen, zog sie an sich und presste die Lippen auf ihre Stirn. »Sie sind nahe«, sagte er leise. »Zu nahe. Ich muss wissen, dass du in Sicherheit bist, sonst verschaffe ich ihnen einen Vorteil, den sie nicht haben dürfen.«

»Ich fühle sie auch«, sagte sie und schmiegte sich an ihn. »Du bist stark, Max. Der stärkste Zauberer, der mir je begegnet ist, aber es sind zwei gegen einen! Mit mir kannst du zumindest für ausgewogene Verhältnisse sorgen.«

»Das kann ich auch, ohne dich aufs Spiel zu setzen.«

»Mit Schwarzer Magie. Das ist zu gefährlich!«

Er lehnte sein Kinn auf ihren Kopf. »Gleich und gleich gesellt sich gern. Ich muss sie anlocken.«

»Und genau deshalb ist es umso wichtiger, dass ich bei dir bin!« Sie wich zurück, sah zu ihm auf, und in ihren smaragdgrünen Augen lag ein Flehen. »Ich kann dafür sorgen, dass du nicht zu weit abdriftest.«

»Oder ich beschmutze Darius' Magie und treibe dich zu weit.«

»Ist es das, wovor du Angst hast?«

Max ließ sie los und fuhr sich mit der Hand durchs Haar. »Unter anderem.«

Für einen Moment riss Victoria die Augen weit auf, dann sah sie ihn liebevoll an. »Du hattest noch nie Angst.«

»Ich hatte auch noch nie etwas zu verlieren.«

Sie legte eine Hand an seine Wange, stellte sich auf die Zehenspitzen und küsste ihn auf den Mund. Ihre Zunge glitt über seine Lippen und hinterließ dort ihr Aroma.

»Sorg dich nicht um mich«, murmelte sie.

»Ich kann nicht anders.« Er umfing ihre Taille und fühlte, wie zerbrechlich sie war. Trotz all ihrer Energie war sie weich und zart. »Ich schaffe es nicht ohne dich, Victoria. Du bist mein Ein und Alles.«

»Max …«

Mit einem Kuss erstickte er alle ihre Bitten, die seine Entschlossenheit hätten ins Wanken bringen können.

Victoria bemühte sich, Max' Entscheidung zu akzeptieren, und kämpfte mit der beunruhigenden Vorahnung, die sie nervös machte. Das Letzte, was sie wollte, war, Max bei der Jagd abzulenken, egal wie sicher sie war, dass er nicht allein losziehen sollte.

Er schloss den Reißverschluss hinten an ihrem Rock und strich mit den Händen über ihre Hüften. Seine Lippen berührten ihren Nacken, und Victoria schloss die Augen. Sie war so daran gewöhnt, umsorgt zu werden, dass sie in den zwei Tagen, die er fort gewesen war, völlig aufgeschmissen gewesen war.

»Bereit?«, fragte Max.

Sie nickte, was gelogen war. Er würde sie zur Arbeit bringen und dann verschwinden, und sie hatte keinen Schimmer, wann – oder ob – er zurückkommen würde. Es entsprach schlicht nicht ihrem Naturell, ihren Willen nicht durchzusetzen. Max war der Einzige, der ihr jemals etwas abgeschlagen hatte. Sie hatte gelernt, das zu akzeptieren, weil sie wusste, dass es die Belohnung wert sein würde. Nur sah sie hier keine Belohnung, abgesehen davon, dass sie hoffen und beten würde, er möge unversehrt und unbefleckt zu ihr zurückkehren.

Er ergriff ihre Hand, und binnen eines Lidschlags waren sie beim Hotel. Wieder mal war Victoria verblüfft, welche Kräfte er besaß … und erregt davon. Max wirkte seine Zauber mit solcher Leichtigkeit. Mühelos. Und er trug die Last der Magie so selbstbewusst, dass es sexy und wahnsinnig anziehend war.

»Sei vorsichtig«, sagte er leise.

»Ja, natürlich.«

Er küsste sie auf die Stirn, die Augenlider, die Nasenspitze und schließlich auf den Mund. Max roch wunderbar und sah noch besser aus. Groß, muskulös und schlank, die breiten Schultern von maßgeschneidertem Armani verhüllt. Sein schwarzer Dreiteiler passte zu dem schwarzen Haar. Und das wie gemeißelte, von Locken umrahmte Gesicht konnte Victoria immer noch den Atem rauben, wenn Max lächelte.

»Hör auf, dich zu sorgen«, schalt er Victoria.

Doch die Angst um ihn erstickte sie halb, und Victoria packte seine Krawatte. »Weigere dich, sie zu jagen. Geh nicht!«

»Victoria …«

»Sie können jemand anderen schicken.«

»Ich will aber nicht, dass sie einen anderen schicken.«

Sie erstarrte. »Warum nicht? Hat der Hohe Rat dir gedroht? Haben sie *mir* gedroht?«

»Nein.« Er legte eine Hand in ihren Nacken und betrachtete sie. »Jagen ist mein Beruf, Victoria. Das hast du immer gewusst.«

»Ja, aber es wird andere Jagden geben. Du musst nicht …«

»Keine wäre eine solche Herausforderung.«

Sie blickte ihn an, ihr Atem ging schneller, und ihr Puls raste. »Du würdest die Jagd mir vorziehen?«

»Lass es.« Seine Züge verhärteten sich. »Ich bin, wer ich bin, und du würdest mich nicht anders wollen.«

»Ich will dich lebend!«

»Du brauchst ein Raubtier, wie du selbst eines bist. Bevor ich kam, hast du jeden Jäger erledigt. Du hast sie fertiggemacht und ruiniert.« Er packte ihre Arme und zog sie auf die Zehenspitzen. »Ich jage, und ich fange. Ich habe dich gefangen. Ich habe dich behalten. Und ich werde zu dir zurückkommen. Versuch nicht, mich an die Leine zu legen, Kätzchen. Das lasse ich mir nicht gefallen, und du würdest es auch nicht mögen.«

Ich liebe dich.

Sie beobachtete, wie er für einen Moment die Augen schloss, als die Worte durch seinen Geist schwebten. *Und ich liebe dich.*

Max nahm sie in die Arme, hielt sie fest an sich gedrückt, und Victoria war gleich, dass sie auf der Straße standen und Leute an ihnen vorbeigingen. Sie wollte nicht loslassen.

»Komm jetzt«, sagte er schließlich und löste sich von ihr. »Je früher ich anfange, umso eher wird es vorbei sein.«

»Du hast schon angefangen.«

Seine Brust wölbte sich unter seinem tiefen Einatmen. Es war ein stummes Geständnis.

Mit einer Hand an ihrem Ellbogen führte er Victoria um die Ecke zum Haupteingang des St.-John-Hotels und blieb abrupt stehen. Victoria stolperte neben ihm und sammelte ihre Kräfte, um sich der Bedrohung zu stellen. Die war allerdings nicht, was sie erwartet hatte.

Sie war nicht, was Victoria erwartet hatte.

Die kleine, üppige Blondine vor dem St. John wartete eindeutig auf Max, so wie sich ihre pinken Lippen zu einem Lächeln verzogen, als sie ihn erblickte. Und da Max sich verspannte, fuhr Victoria sofort die Krallen aus und knurrte leise.

Die Frau war eine Hexe – eine mächtige. Victoria konnte die Magie fühlen, die von ihr ausging. Ihre hohen Schuhe und das ärmellose Wickelkleid im selben Blau wie ihre Augen trugen ihr bewundernde Blicke von sämtlichen Männern in Sichtweite ein.

»Da bist du ja«, sagte die Blondine und kam ihnen entgegengeschlendert. Dabei schwang ihr hüftlanges Haar sanft. »Du lässt mich zu gerne warten, nicht wahr? Nun, wenigstens habe ich am Ende nie Grund zur Klage.«

Sie ignorierte Victoria vollkommen.

»Jezebel«, flüsterte Max. »Was machst du hier?«

»Als ich deinen Namen im Zusammenhang mit Powell und Barnes hörte, hielt mich nichts mehr zurück. Eine Doppeljagd wie diese bietet sich nur einmal im Leben.« Ihre Mundwinkel hoben sich wieder, und ihre blauen Augen blitzten bewundernd, als sie Max von oben bis unten musterte. »Und bedenkt man, wie lange ich lebe, Schatz, will das einiges heißen.«

Sie blieb vor Max stehen und strich über seine Krawatte, wobei sie überhaupt nicht beachtete, dass er Hand in Hand mit einer anderen war. Als Max ihr Handgelenk packte, lächelte sie nur noch strahlender.

»Jezebel, darf ich dir Victoria vorstellen? Liebling, das ist Jezebel … eine alte Freundin.«

Victoria kochte. Ihr war nur allzu bewusst, was für eine »Freundin« Jezebel Max gewesen war. Die erotische Spannung und die besondere Chemie zwischen ihnen waren nicht zu verkennen.

Hast du die gevögelt?

Zieh die Krallen wieder ein, Kätzchen.

Zum ersten Mal sah Jezebel Victoria an. »Eine Gehilfin,

wie niedlich. Ich hörte schon, dass du dich mit einer verpaart hast, wollte es aber nicht glauben.«

»Das tätest du wohl besser«, knurrte Victoria und unterstrich ihre Worte mit einem Luftschwall, der die Blondine rückwärts stolpern ließ.

»Victoria«, warnte Max. *Leg dich nicht mit ihr an. Sie ist zu mächtig.*

Ist mir egal. Sie redet, als wäre ich gar nicht hier!

Sie will dich ärgern, erwiderte er streng. *Und du fällst darauf herein.*

Jezebel lachte rauchig und schüttelte ihr Haar. »Die ist überhaupt nicht gezähmt, was? Wie ich dich kenne, Max, findest du das äußerst unterhaltsam.«

Victoria wartete, dass Max sie verteidigte, doch stattdessen sagte er: »Lass mich Victoria zur Tür bringen, dann können wir reden.«

Wenn du mit der Schlampe weggehst, werde ich richtig sauer.

Du bist schon richtig sauer, konterte er.

Max!

Sie spürte einen Magiestrahl, der ihre Gedankenverbindung kappte, und ihr Magen verkrampfte sich. Max veränderte sich. Schlimmer noch, er distanzierte sich von ihr.

Sein flüchtiger Kuss auf ihre Stirn und das hastig gesprochene *Ich liebe dich* konnten die Angst nicht lindern, dass sie ihn verlor.

Victoria sah durch die Glasdrehtür des St.-John-Hotels, wie Jezebel sich bei Max einhakte und ihn über die Straße führte. Sie waren ein tolles Paar – Max groß und dunkel, Jezebel zierlich und blond. Und es hatte etwas Natürliches und Vertrautes, wie sie sich zusammen bewegten.

Irgendwann waren sie mal längere Zeit ein Paar gewesen.

Kochend vor Eifersucht, machte Victoria auf dem Absatz kehrt und ging zu den Fahrstühlen. Sie war entschlossen herauszufinden, wie gefährlich ihr Jezebel genau werden könnte.

5

»Zu einfach«, sagte Xander. Sein Blick war auf die Gehilfin gerichtet, die mit steifem Rücken durch den Eingang des St.-John-Hotels ging. Den Eingang hatte er mit einem Zauber versehen, der Unruhe erzeugte.

Sirius drehte sich um und sah Westin die Straße überqueren. Mit ihm hatte er mehr als ein Hühnchen zu rupfen. Er wollte den Hohen Rat treffen, wo es wehtat, und ihren Goldjungen in einen dunklen Meister zu verwandeln könnte ein beachtlicher Coup sein. Westin hatte bereits einiges an Arbeit selbst erledigt, indem er ins transzendentale Reich eingedrungen war. Seitdem war seine Aura befleckt. Er sollte verbannt sein … gejagt werden … Doch Westin kam einfach mit allem davon. Der Rat hatte größere Angst davor, ihn zu verlieren, als davor, ihn zu behalten.

»Wir brauchen mehr als diese kleine Konfrontation«, murmelte Sirius. »Wir haben nur einen Versuch, diese Gehilfin zu zeichnen. Falls wir den vermasseln, wird Westin es merken und Schritte ergreifen. Eine zweite Chance bekommen wir nicht.«

»Schwebt dir etwas Bestimmtes vor?«

»Er braucht einen Grund, um Jezebel Patridge nicht direkt wieder fröhlich ihrer Wege zu schicken. Er wird sie nur in seiner Nähe behalten, wenn er sie für ein Zielobjekt hält.«

»Du willst sie beide auf einmal ausschalten?« Xander wandte sich mit großen Augen zu Sirius um. »Na, das ist doch mal ein Plan!«

Sirius versetzte sich an eine Stelle, die ein Stück vor Westin und dessen scharfer Begleitung lag, und versteckte sich in Halbgestalt im Schatten. Dann streckte er seine – nur aus grauem Rauch bestehende – Geisterhand aus und wirkte einen Zauber, der eine dunkle Pfütze auf dem Gehweg formte. Die Oberfläche kräuselte sich, sobald sie spürte, dass die Beute nahte. Xander gesellte sich gerade zu Sirius, als Jezebel Patridge in das trügerisch flache Wasser trat.

Im nächsten Moment schrie sie auf, denn das Wasser rauschte an ihrem Körper empor und umfing gierig jene Kurven, mit denen Westin einst so vertraut gewesen war. Ein Lachen stieg in Sirius' Kehle auf…

Westin wandte sich in seine Richtung, streckte beide Hände aus und entließ einen Energieschwall aus seinen Fingerspitzen. Der traf Sirius direkt in die Brust, schleuderte ihn tiefer in den Schatten und noch weiter – ins Nichts.

Arianna setzte sich auf den Stuhl vor Victorias Schreibtisch und schlug die jeansverhüllten Beine übereinander. Die Hexe trug ihr rotes Haar kurz geschnitten und zu Stacheln gegelt. Ihre braunen Augen waren dick mit Kajal umrahmt, und die bordeauxrot geschminkten Lippen betonten ihre blasse, makellose Haut. Zudem bewirkte dieser Look, dass die Leute sie irrtümlich für einen harmlosen Punk hielten.

Tatsächlich aber war Arianna eine der besten Recherchekräfte, die Victoria jemals erlebt hatte. Seien es Informationen oder Objekte, Arianna fand alles.

»Westin hat Jezebel Patridge in den letzten rund zwanzig Jahren immer mal wieder gebumst«, verkündete die Hexe und räkelte sich auf dem Stuhl.

Victoria stockte der Atem, bevor sie ihn prustend ausstieß. »Zwanzig Jahre?«

»Nichts Ernstes, soweit ich gehört habe. Die meisten, mit denen ich geredet habe, haben es mehr als Freundschaft mit gewissen Vorteilen beschrieben. Und er war eindeutig nicht monogam. Während der ganzen Zeit ist er durch diverse Betten getobt. Na ja, Betten kamen wohl weniger ins Spiel, wie ich hörte.«

Das machte Victoria um nichts froher. »Zwanzig Jahre sind eine lange Zeit.«

»Ja.« Arianna zuckte mit den Schultern. »Es gibt keine Schauergeschichte von einer scheußlichen Trennung oder so. Mein Eindruck war eher, dass die zwei eine Verschnaufpause eingelegt haben, nicht Schluss gemacht.«

Victoria schob ihren Stuhl zurück, sprang auf und begann, im Büro auf und ab zu gehen. Die Katze in ihr musste sich bewegen, wenn sie sich eingesperrt fühlte, und dieser Instinkt übernahm nun die Führung. Nichts lief heute rund. Das Hotelpersonal wurde von Gästen mit Fragen und Bitten in den Wahnsinn getrieben, und Victoria fragte sich, ob die Unruhe in ihr auf alle anderen ansteckend wirkte oder umgekehrt.

»Außerdem«, fuhr Arianna fort, »ist Patridge so was wie eine Expertin, was Westin und seine Techniken betrifft. Sie hält Vorlesungen an der Akademie über die Methoden, die er einst benutzt hat, um Barnes und Powell überhaupt erst zu schnappen. Daher stammen die meisten Informationen, die ich gefunden habe, mittelbar oder unmittelbar von ihr.«

Was bedeutete, dass Jezebel wirklich nützlich für Max sein konnte, wenn sie diese Abtrünnigen jagten, was Victoria jedoch nicht beruhigte. Sie hatte Nachforschungen über Max angestellt, als sie sich kennenlernten, allerdings nur oberflächlich. Und jetzt wurde ihr klar, dass sie es unbewusst – aber wohl dennoch gezielt – vermieden hatte, sich genauer über sein Privatleben zu informieren. Schon da konnte sie den Gedanken offenbar nicht ertragen, dass er mit einer anderen zusammen war.

»Haben sie früher schon zusammen gejagt?«, fragte sie, blieb vor dem Fenster stehen und starrte auf den Dschungel der Großstadt, der sich vor ihr über Meilen erstreckte. Nebel hing über der Stadt und verbarg die Spitzen der Wolkenkratzer. Unten glitt der Verkehr in endlosen Schlangen durch die Straßen, und die Kakofonie der City zerrte an Victorias feinen Katzensinnen.

»Nicht, dass ich wüsste. Hör mal, jetzt flipp deshalb nicht gleich aus. Das ist kein Kerl wert. Außerdem wirkt das Band in beide Richtungen. Man hört so gut wie nie von miteinander fest verbandelten Magischen, die sich gegenseitig betrügen.«

»Man hört auch so gut wie nie von einem festen Paar, das aus einem Jäger und einer Gehilfin besteht«, bemerkte Victoria trocken und drehte sich wieder zu der Rothaarigen um.

»Stimmt.« Arianna stand auf und zog einen USB-Stick aus ihrer Tasche. Den warf sie Victoria zu. »Aber er ist einen Dreck wert, wenn er sein Ding nicht in der Hose behalten kann.«

Victoria fing den Stick und ballte die Faust um ihn. Wie erfahren Max war, hatte sie vom ersten Moment an erkannt. Alles an ihm strahlte Sünde und Sex aus, von der sinnlichen Art, wie er sich bewegte, bis hin zu dem Selbstvertrauen in seinem Blick. Und als er sie berührte, hatten seine Fertigkeiten ihr den Verstand geraubt.

Max Westin fickte wie ein Gott.

Doch Männer, die gern spielten, streunten manchmal auch, und Jezebel hatte offensichtlich etwas, was Max gern hin und wieder genoss. *Über Jahrzehnte!*

»Ich schicke dir meine Rechnung«, sagte Arianna und ging.

Victoria nahm all ihre Entschlossenheit zusammen, setzte sich an ihren Schreibtisch und steckte den USB-Stick in den Computer. Während sie mit dem Cursor zum Laufwerk wanderte und es öffnete, fühlte sie, wie Max' Magie sich anschickte, ihre anzuzapfen. Und dann, ohne eine weitere Vorwarnung, riss die Kraft mit einer so ungeheuren Wucht an ihr, dass Victoria vom Stuhl kippte.

»Verdammt.« Jezebel blickte in den dampfenden Teebecher, den sie mit beiden Händen umklammert hielt. »Dieser Angriff hätte mir nicht solche Angst machen dürfen.«

Max stand vor ihr, in finstere Gedanken versunken.

Jezebel legte den Kopf in den Nacken, um zu ihm aufzusehen. Sie trug einen seiner Bademäntel, weil ihre Sachen wegen des Schmutzes, der an ihnen haftete, hatten weggeworfen werden müssen. Sie hatte geduscht, doch ihr Haar und ihr Make-up waren dank eines schlichten Zaubers so perfekt wie immer.

Max sah zur Uhr. Innerhalb der nächsten Stunde würde Victoria das Hotel verlassen. Er durfte nicht riskieren, dass sie allein und ungeschützt nach Hause ging, ganz gleich wie viel Macht sie besaß. »Ich muss weg.«

»Jag nicht ohne mich hinter denen her!«, sagte Jezebel und stand rasch auf, wobei der Bademantel vorn aufklaffte und eines ihrer nackten Beine entblößte.

Früher mal hatte dieser Anblick Max' Lust erregt und seinen Schwanz hart gemacht, doch jetzt hatte er kaum eine Wirkung auf ihn. Seine Gedanken galten Victoria.

Und nicht allein ihrer Sicherheit.

Nachdem er die volle Kraft seiner Magie entfesselt hatte, war sein Verlangen überwältigend, und im Geiste ging er ein erotisches Szenario nach dem anderen durch. Er wollte seine Frau nackt und gefesselt, ihren biegsamen Körper gespreizt und offen für ihn. Erst dann könnte sie die Magie wieder annehmen, die er ihr vorhin genommen hatte. Und sie würde seine stärken und ihm die Reserven geben, die er brauchte, um Powell und Barnes ein für alle Mal auszuschalten.

»Ich hole Victoria ab«, sagte er, und seine Stimme war heiser vor Erregung.

Jezebel kniff die Lippen zusammen, als er seine Gehilfin erwähnte. »Ich komme mit dir.«

»Keine gute Idee.« Sein Kätzchen sträubte Jezebels wegen bereits das Fell. Vor allem aber wollte er Victoria in die Hände bekommen und nicht mehr loslassen, bis er seinen letzten Tropfen in sie ergossen hatte. Sicher würde Jezebel derweil nicht vor der Tür warten wollen.

»Weiß sie nicht, wie du bist, Max?«, fragte sie. Ihre Augen funkelten wie Diamanten … und wirkten genauso hart. »Eifersucht ist zwecklos, wenn es um dich geht.«

»Ich bin nicht mehr der, der dich gefickt hat, Jezebel.«

»Dann hat sie dich gezähmt?«, spottete sie leise. »Was für ein Jammer.«

Mit einem abfälligen Lächeln ging er auf Abstand und beschloss, sich die Weste und das Jackett zu sparen. Ihm war heiß von der Jagd, sodass er bloße Haut Kleidung vorzog. »Wir beide können Freunde sein, Jezebel, oder nicht. Das liegt ganz bei dir.«

Auf einmal kniete sie nackt vor ihm, den Kopf unterwürfig geneigt, da sie wusste, dass diese Geste sein dominantes Wesen ansprach. Ihre Hände lagen auf ihren Knien, und sie wartete auf seinen Befehl. »Solange ich deinen Schwanz in mich bekomme, kannst du mich nennen, wie immer du willst. Ich brauche es, Max. Ohne fühle ich mich leer.«

Max holte tief Luft. Sein Körper war schmerzlich hart, und Jezebel haftete noch ein wenig Schwarze Magie an, die das Dunkle in ihm ansprach. Erinnerungen an seine heiße Vergangenheit mit Jezebel wurden wach. Sie war wahrhaft unterwürfig, und ihre Kapitulation vor ihm löste eine ungewollte Reaktion in Max aus. Während Victoria sich letztlich auch ergeben hatte, geschah das doch mit einigem Widerstand. Sie überließ Max die Kontrolle, weil sie sich dafür entschied, ihm zu gefallen, und nicht, weil sie einen echten Drang dazu verspürte.

Dennoch war sie die einzige Frau, die er wollte. Die Einzige, die es verstand, die Bestie in ihm zu beruhigen.

Er versetzte sich in Victorias Büro, angestachelt von dem Gedanken, diese Frau mit dem trotzigen Naturell zu unterwerfen. In der Beziehung hatte Jezebel recht: Er liebte die Herausforderung.

Sein Kätzchen saß hinter dem Schreibtisch und blickte stirnrunzelnd und konzentriert auf ihren Computerbildschirm. Ihre langen schmalen Beine unter dem Schreibtisch waren an den Knöcheln übereinandergeschlagen. Die Diamantstecker an ihren Ohren leuchteten. Max versetzte sich hinter sie, las über ihre Schulter mit und stellte fasziniert fest, dass sie sich über ihn informierte.

Oh, wie er sie liebte! Er liebte es, dass sie so sehr auf ihn fixiert war wie er auf sie.

»Ich will deine Möse«, sagte er rau, getrieben von seinem Verlangen. »Und deinen Arsch.«

Sie drehte den Kopf zu ihm um und stand auf. »Max! Was zur Hölle ist heute passiert?«

Mit einem Fingerschnippen ließ er ihre Kleidung verschwinden, sodass sie genauso nackt war wie Jezebel eben noch. Die beiden Frauen hätten kaum unterschiedlicher sein können, und das nicht bloß, was ihr Äußeres betraf, sondern auch in ihrer Wirkung auf ihn. Während Jezebel instinktiv seine Lust weckte, entfachte Victoria eine völlig andere Gier in ihm. Wild, unersättlich und bis in seine Seele reichend, ebenso sehr von seiner Liebe zu ihr befeuert wie von seinem Verlangen nach ihrem Körper.

»Auf die Knie«, befahl er.

»Max …«

»*Jetzt.*«

Sie biss die Zähne zusammen, bevor sie ihren Stuhl beiseiteschob und gehorchte. Dieser Anflug von Rebellion machte ihn erst recht scharf. Er berührte Victorias Schulter und brachte sie quer durch die Stadt zu seinem Loft, in dem er zwar nicht mehr wohnte, das er aber als Spielzimmer behielt.

»So ist es gut, Kätzchen. Zeit zu spielen.«

6

Victoria verkrampfte sich, als ihr klar wurde, wohin Max sie gebracht hatte. Im Gegensatz zu dem Apartment mit den warmen Honigtönen der Holzböden und den cremefarbenen Wänden, in dem er mit ihr lebte, war Max' frühere Junggesellenwohnung eher im Fabrikstil gehalten. Der gebürstete Estrichboden war kühl unter Victorias Knien, und die kahlen Rohrleitungen über ihnen sowie die blassgrauen Wände drum herum ließen alles kalt wirken. Hier fand sich eine eindrucksvolle Auswahl an Spielzeugen.

Ihre Scham zog sich zusammen vor Verlangen, freute sich ihr Körper doch schon auf die Wonnen, die an diesem vertrauten Ort zu finden waren. Gleichzeitig aber brodelten Wut und Eifersucht in Victoria. Sie wollte nicht spielen, sondern streiten.

»Wo ist Jezebel?«, fragte sie und blickte trotzig zu Max auf.

Ein träges, verführerisches Lächeln trat auf seine Züge. »Deine Besitzansprüche machen meinen Schwanz so hart, dass es wehtut.«

»Bist du sicher, dass dein Ständer nicht eher vom Wiedersehen mit der Frau kommt, die du seit zwanzig Jahren knallst?«

Max begann sich auszuziehen. Er öffnete die Knöpfe seines Hemds und enthüllte Stück für Stück seine breite

Brust. »Ich könnte jetzt in ihr sein«, raunte er. Seine Lider waren schwer, und sein erigierter Penis drückte gegen seinen Hosenschlitz. »Sie ist nackt in unserem Apartment, auf den Knien und gierig nach meinem Schwanz.«

Victoria schnappte nach Luft und wollte aufstehen. »Was soll der Mist?«

Mit einem lässigen Wink schickte er Victoria quer durch den Raum zum Bett. Eine Fesselstange erschien neben ihr auf dem roten Satin, und bei dem Anblick durchfuhr Victoria ein Zittern. Bald wäre sie hilflos und ausgeliefert, ihr Körper gefesselt und arrangiert, Max zu Diensten zu sein. Vor Max hätte sie sich nie vorstellen können, dass sie eine solche Verwundbarkeit und einen derartigen Kontrollverlust jemals wollen würde. Jetzt war für sie unvorstellbar, das nicht zu haben. Er sagte ihr, was sie tun und was sie fühlen sollte. Und im Gegenzug würde sie Orgasmen bis zur Besinnungslosigkeit haben.

»Du kannst mir meine Vergangenheit nicht vorhalten«, sagte er. Seine Stimme klang leise und angespannt. »Ich ficke gerne, genau wie du. Für den Rest unseres Lebens werden wir es nur miteinander treiben. Alles andere ist unwichtig.«

Er näherte sich ihr mit lässigen, verführerischen Schritten, die Victoria alles versprachen, was sie vertragen konnte. Seine Erektion war dick und lang, und die Eichel glänzte vor Erregung. Sie ragte bis zu seinem Nabel auf, und allein die Größe reichte aus, damit Victoria die Schenkel zusammenkniff. Sie richtete sich zum Sitzen auf und winkelte die Beine unter sich an. Ja, sie wollte ihn, aber sie wollte auch Antworten.

Es war schwieriger, sich aufs Reden zu konzentrieren, als

Victoria zugeben wollte. Sie wusste genau, wie sich dieser riesige Schwanz in ihr anfühlte, wie er sie dehnte und an den empfindlichsten Stellen rieb; wie sie sich unter seinem harten Körper wand und ihn anflehte, ihr alles zu geben.

»Max …«

»Ich sollte jagen.«

Er erreichte das Fußende des Betts, und Victoria bemerkte den dünnen Schweißfilm auf seinem Waschbrettbauch. Ein glitzernder Lusttropfen glitt seinen Schwanz hinunter.

Er ist so heiß darauf.

»Stattdessen«, fuhr er fort, »kann ich nicht atmen vor Verlangen nach dir. Kann nicht denken, es nicht erwarten, meinen Schwanz in dir zu versenken und zu kommen, bis meine Eier endlich nicht mehr wehtun.«

»Hat sie dich so scharf gemacht?«, fragte Victoria leise.

»Niemals.« Er packte die Stange, und das glänzende Chrom sah auf einmal gefährlich aus in seiner kräftigen Faust. »Ich habe noch für keine so empfunden, das weißt du. Hör auf, an mir zu zweifeln, Victoria. Es geht mir allmählich auf den Sack.«

Sie atmete rasch ein, und ihre Nippel wurden hart. Da stand er, wartete auf sie, ein unnachgiebiger, prächtiger, brünstiger Mann von strenger maskuliner Schönheit. Sein Körper war beherrscht von dem Wunsch, sie zu besteigen.

»Du weißt, was zu tun ist«, sagte er heiser. »Lass mich nicht warten.«

Victoria drehte sich um, streckte sich bäuchlings aus und spreizte die Beine, sodass er die Fesseln anbringen konnte. Ihr Puls beschleunigte sich, und ihr Atem ging schneller. Trotzdem konnte sie nicht umhin zu sagen: »Sie will dich zurück.«

Seine frühere Geliebte war bei ihnen zu Hause, nackt und willig. Welche Entschuldigung könnte es dafür geben?

»Mir ist egal, was sie will. Ich interessiere mich nur für dich.« Butterweiches Leder wand sich um ihre Knöchel und wurde stramm. »Deine Magie ist in mir. Ich fühle und rieche dich.« Seine Hand glitt bewundernd über ihre Wade. »Schmecke dich.«

Sie stöhnte. »Warum ist sie bei uns?«

»Warum bist du von ihr besessen?« Seine Hand klatschte fest auf ihren Hintern, und das Geräusch war wie ein Donnerkrachen. Victoria schrie auf, und ihre Haut brannte. »Du weißt, dass ich dich zu sehr liebe. Da ist kein Platz für jemand anderen.«

Seine Stimme war kehlig vor Emotionen, und Victoria kniff die Augen zu. Dann klatschte seine Hand fest auf die andere Backe. Die Hitze strömte in ihre Beine und ließ ihr Geschlecht anschwellen.

»Du weißt nicht, wie gut ihr zusammen ausseht«, stöhnte sie. »Wie offensichtlich es ist, dass ihr es genießt, miteinander zu ficken. Und du würdest es nicht verstehen, es sei denn, du hättest mich mit einem der Jäger vor dir gesehen. Hättest du ihre Blicke gesehen, die verrieten, wie es sich anfühlte, wenn ich ihnen den Schwanz lutschte … wie es sich in mir anfühlte …«

»*Victoria*«, knurrte er, bevor er sich vorbeugte und die Zähne in ihre Hüfte grub. Er bestrafte und zeichnete sie.

Sie schluchzte vor Erregung. »Ich hasse es, dass sie weiß, wie gut du dich anfühlst. Dass sie die Laute kennt, die du von dir gibst. Und ich hasse es, dass du sie so sehr wolltest.«

»Nicht so sehr wie dich«, hauchte er und rieb seine Wange an ihrer. »Nicht einmal annähernd.«

Die nächste Lederfessel legte sich um ihren anderen Knöchel.

»Sie wurde heute angegriffen«, sagte er. »Auf der Straße, im hellen Tageslicht und mit mir an ihrer Seite.«

Victoria stockte der Atem.

»Ich habe dir gesagt, wie gefährlich diese Jagd ist. Ich habe dir erzählt, dass sie auf die Leute um mich herum losgehen werden. Das hättest du sein können …«

Seine Stimme brach. Sanft schob er die Hände unter ihren Oberkörper, umfing ihre Brüste und zog Victoria auf die Knie. Dann stieg er auf das Bett, kniete sich hinter sie und zog an ihren Nippeln. Seine Brust war heiß und hart an ihrer Schulter, sein Haar streichelte zart ihren Nacken. Victoria bog den Rücken durch, um ihre Brüste in seine Hände zu pressen. Ihre Balance hing vollkommen davon ab, dass er sie hielt.

»Das hättest du sein können«, wiederholte er mit den Lippen an ihrem Hals. »Ich hätte es nicht verkraftet, Victoria.«

»Lass mich dir helfen. Bitte.«

»Du hilfst mir jetzt.« Er packte sie fest im Nacken und drückte sie nach vorn, während er sie in der Taille hielt, als sie sich beugte und ihre Wange auf das Bett lehnte.

Ihre Arme streckte sie zwischen den gespreizten Beinen hindurch, und sogleich wurden ihre Handgelenke mit Lederriemen an die Stange gefesselt. Victoria war hilflos, konnte sich nicht bewegen, und ihr Hintern ragte nach oben, sodass ihr Geschlecht offen und bereit für Max' Vergnügen war. Für die tiefstmögliche Penetration.

Victoria wurde feucht vor Erregung und Vorfreude. Je mehr sie gefesselt war, desto heißer wurde Max. Und je heißer er wurde, umso mehr wollte sie ihn.

Er richtete sich auf und schnippte mit den Fingern. Das war die einzige Warnung, die Victoria bekam, ehe die Peitsche hinten auf ihre Schenkel knallte. Sie stöhnte in den Bettüberwurf, und ihre Scham zuckte, trotz des brennenden Schmerzes. In ihr rebellierte etwas, doch es war schwächer als ihr Verlangen. Max entführte sie an Orte, an die sie nicht wollte, und dennoch konnte sie es nicht erwarten, dorthin zu gelangen.

Seine Hand strich über die erhitzte, brennende Haut. »Hör auf, dich gegen mich zu sträuben.«

»Fick mich.«

Wieder knallte die Peitsche. Vor Schmerz biss Victoria die Zähne zusammen. Max benutzte die perfekte Menge an Kraft, handelte gekonnt und methodisch. Unweigerlich fragte Victoria sich, wie viel Übung er hierin schon hatte und woher die Dunkelheit in ihm rührte, die absolute Unterordnung forderte.

»Hör auf, mich zu analysieren.« Seine Stimme war leise und beherrscht, auf stille Art autoritär. Er peitschte sie wieder, traf neue Hautstellen mit unbeirrbarer Präzision. Wenn er fertig war, würden die vorübergehenden Male ein kunstvolles Muster ergeben. »Hör auf, an mir zu zweifeln.«

»Max …« Das Flehen in ihrem Ton entsprang einer Quelle in Victoria, die einzig er jemals angezapft hatte.

»Lass die Mutmaßungen über mich. Ich war nur zwei Tage weg, Victoria, und du scheinst vergessen zu haben, was du mir versprachst.« Die Wildlederstreifen schlugen gegen ihren Hintern. »Mir zu dienen, mir zu gehorchen und mich zu erfreuen. Niemals einen Befehl infrage zu stellen oder dich mir in irgendeiner Weise zu verweigern. Niemals Nein zu mir zu sagen.«

»Ich gebe dir mehr, als ich je einem anderen gegeben habe.«

Die Peitsche traf härter. Nicht fest genug, um ihr richtige Wunden beizubringen, aber ausreichend, um ihre Aufmerksamkeit wieder ganz auf ihn zu lenken – auf den Klang seines ruhigen, regelmäßigen Atems, seinen pochenden Herzschlag – und um sie feuchter und ungeduldiger zu machen.

»Du bist zu sehr auf deine Verwundbarkeit konzentriert«, raunte er und massierte ihre brennende Haut sanft mit den Fingerspitzen. »Es war ein Geschenk, das du mir versprachst, als ich dich mein machte, aber du hast es mir nie richtig gegeben, oder? Während ich mein Versprechen dir gegenüber hielt. Dich zu ehren … dich zu würdigen … für deine Sicherheit zu sorgen.«

»Dein Leben ist gefährlich, Max. *Du* bist gefährlich. Das gehört mit zum Paket.«

»Streitest du immer noch mit mir, Kätzchen?«

Sie verkrampfte sich, doch er wechselte in seinem Spiel von Schmerz auf Wonne. Seine geschickten Finger glitten über ihre entblößte Scham. Victoria erschauerte, als die Empfindung sie durchströmte und ihre Haut straffte. Ein stummer Schrei entfuhr ihr, kaum dass Max ihre Klitoris rieb und mit federleichtem Druck umkreiste.

»Was für eine hübsche Möse«, murmelte er, wobei sein Atem heiß über ihre glänzenden Schamlippen wehte. Seine Zunge neckte sie und malte einen Kreis um ihre Öffnung. »Weich, eng und cremig. Ich werde sie hart ficken und den köstlichsten Orgasmus in ihr haben. Ich werde dich vollpumpen mit meinem Erguss.«

»Ja, Max … bitte.«

Er packte ihre Hüften und rollte Victoria behutsam auf den Rücken. Nun lag sie offen vor ihm, ihre Hand- und Fußgelenke auf Höhe ihrer Ohren. »Du wirst nicht kommen.«

Sie wimmerte und schluckte angestrengt. »Ich habe dir gehorcht.«

Seine silbernen Augen starrten sie an. Victoria sah, wie angespannt seine Züge vor Lust waren. Es lag eine Wildheit in seinem Blick, die sie zuvor nie gesehen hatte. »In der Praxis, aber nicht im Geiste?«

Angst ergriff sie. »Was ist heute passiert, Max?«

Er umfasste ihren Oberschenkel, nahm seinen Schwanz in die Hand und strich mit ihm zwischen ihren Schamlippen auf und ab, sodass er sie mit dem Vorerguss benetzte, der üppig aus der Spitze rann. Er war so groß und hart, dicker, als Victoria ihn jemals erlebt hatte. Die Adern wölbten sich sowohl an seinem Glied als auch an seinen Unterarmen, und sein Körper war in Position, um sie so hart zu vögeln, wie Max es versprochen hatte.

»Ich habe einen von ihnen ausgelöscht«, presste er zwischen zusammengebissenen Zähnen hervor.

Dann rammte er seinen Schwanz in sie, während seine Magie mit derselben Wucht in sie hineinstieß.

Victoria riss den Mund zu einem stummen Schrei auf, als er sie vollkommen einnahm.

7

Sie kam. Sie konnte es nicht verhindern. Ausgeliefert und allzu bereit, wie sie war, reichte der brutale Stoß dieses großen Schwanzes, um sie zum Orgasmus zu bringen. Dunkle Magie hämmerte genauso erbarmungslos auf sie ein, wie Max zustieß – jeder Stoß in ihre Scheide wurde von einem Kraftschwall begleitet. Victoria erbebte unter ihm, und ihr Geschlecht molk Max' rein- und rauswandernden Schwanz. Für einen Moment wurde ihr schwarz vor Augen, und ihr Puls raste.

Max packte ihre Schenkel, hielt sie fest für sein irres Rammen. Victoria war das Gefäß für seine rasende Lust. Seine Hüften schlugen gegen sie, sein Sack klatschte rhythmisch gegen ihren Hintern. Sein Schwanz pumpte in ihren feuchten Schoß, tauchte ein und glitt wieder hinaus. Max' Körper arbeitete wie eine gut geölte Maschine.

»Mein«, knurrte er. »Mein.«

»Max … bitte.« Victoria wusste nicht, ob sie ihn anflehte, aufzuhören oder niemals aufzuhören. Ihr Körper genoss die grobe Behandlung, liebte es, einzig zu dem Zweck benutzt zu werden, ihm Wonne zu bereiten. Er trieb seinen Schwanz unablässig in sie hinein, stieß ihn durch enges, gieriges Gewebe und glitt mit ihm wild über empfindliche Haut.

Er warf seinen Kopf nach hinten, sodass sein dunkles

Haar über die breiten Schultern fiel und sich die Muskeln an seinem Hals wölbten, als ein Strahl glühend heißen Samens in Victoria hineinspritzte. Ihre Hände und Füße bewegten sich, wollten frei sein, und ihre Brust hob und senkte sich rasch, weil sie nach Luft gierte, während Max sich in sie ergoss, ohne einen Stoß auszulassen. Ein wildes Knurren vibrierte durch den großen Raum. Es klang so sehr nach primitiver männlicher Befriedigung, dass Victoria gleich wieder kam.

Ihr Leib war noch erschüttert von dem mächtigen Orgasmus, als Max sie befreite. Die Stange verschwand, und Max warf Victoria herum, um sie von hinten zu nehmen und tief in sie hineinzuhämmern. Victoria lag ausgestreckt auf dem Bett, bedeckt von seinem fiebrigen, schweißbenetzten Körper, krallte die Finger in die Decke und biss hinein, um die Wonneschreie zu ersticken, die sie nicht zurückhalten konnte.

Ihre Augen verdrehten sich, bevor sie zufielen. Der Geruch von Max' schwer arbeitendem Körper überwältigte ihre Sinne ebenso wie das Gefühl seiner sich wölbenden Muskeln auf ihr, als er seinem animalischen Instinkt nachgab und alles vergaß, außer sie zu ficken und in ihr zu kommen. Sein Schwanz behielt seine verzweifelte Härte, Max' Magie pulsierte in Victoria und flutete sie. Seine Aura war rauchig und dunkel, befleckt von der Magie, die er im Zuge der Auslöschung seines Gegners heute absorbiert hatte. Nun verstand Victoria seine finstere Stimmung und was ihn so unbarmherzig antrieb.

Sie ergab sich, öffnete sich ihm auf jede erdenkliche Weise. Max spürte es und knurrte. Seine Hände ergriffen ihre, und seine Finger verwoben sich fest mit ihren. Die

Magie ergoss sich von ihm in sie und wurde gereinigt, durch sie gefiltert, ehe sie in ihn zurückkehrte.

Max presste sein Gesicht an Victorias sanft geschwungenen Hals, und sein Schweiß vermischte sich mit ihrem. Seine Brust bebte vor Anstrengung. Er fickte sie wie ein Besessener, und vielleicht war er das in gewisser Weise auch. Sie konnte es nur annehmen, ihn nehmen und kommen. Immer wieder.

Ich liebe dich. Er schob ihren Schenkel mit dem Knie weiter zur Seite, damit er noch tiefer in sie eindringen konnte. *Liebe dich.*

Victoria drückte ihre Wange an seine. *Ich weiß.*

Xander, der in dem dunklen Ladeneingang gegenüber von dem Apartmenthaus, in dem Max Westin mit Victoria St. John lebte, wartete, richtete sich auf. Der Zauberer war schon vor einer Weile verschwunden, wie Xander an der plötzlichen Leere gemerkt hatte, wo zuvor Magie pulsierte. Doch eine flüchtige Überprüfung hatte ergeben, dass er mächtige Schutzzauber installiert hatte. Was zu erwarten gewesen war.

Allerdings hatte Xander nicht damit gerechnet, dass Westin einiges von Sirius' Magie in sich aufsaugen würde. Diese Entwicklung machte ihn wütend. Er hatte Sirius sorgfältig manipuliert und ihm eingeredet, er wäre der Klügere, was ihm ein falsches Selbstvertrauen beschert hatte. Jedes Wort und jede Tat hatte er so geplant, dass Sirius sich dazu hatte verleiten lassen, Westin als Erster anzugreifen. Und Xander war absichtlich in dem Moment, da Sirius Max angriff, im Schatten aufgetaucht, um Westins Aufmerksamkeit zu erregen, damit der Jäger zurückschlug und seinen Feind vernichtete. Der Plan war jedoch gewesen, dass er, Xander, Sirius' Kräfte absorbieren würde, nicht Westin. Dann wäre er stark genug gewesen, um *der Quelle allen Übels* aufzufallen. Er hätte so mächtig werden können, wie es das Triumvirat einst war.

Noch war nicht alles verloren. Westin würde einiges von der aufgefangenen Magie auf Victoria St. John übertragen, was es für Xander leichter machen würde, das Gleiche mit seiner Schwarzen Magie zu tun. Die Gehilfin war einst fast verwildert. Eine saftige Dosis Schwarzer Magie und ein Hauch Zweifel an Westin würden sie abermals verwildern lassen. Sirius war nützlich für diesen Plan gewesen. Wenn Xander nun Victoria St. John mit Schwarzer Magie verderben könnte, wäre sie unkontrollierbar, wild, und Westin würde ihre Unterstützung verlieren. Zudem wäre er nicht recht bei der Sache, sollte er sich mit seiner Geliebten zerstreiten, und das war alles, was Xander brauchte – eine einzige Schwachstelle.

»Da bist du ja«, murmelte er vor sich hin, als eine reizende Blondine aus den Drehtüren des Apartmenthauses trat. Passender hätte er sie kaum herbeibeschwören können.

Jezebel Patridge, die ein neues Outfit trug, bestehend aus einer schmalen schwarzen Hose und einer ärmellosen blauen Bluse, ignorierte den Gruß des Portiers und blickte sich verdrossen um. Sie könnte die Entfernung von hier bis irgendwohin mühelos überbrücken, doch sie hatte eindeutig keine Ahnung, wohin sie wollte, und wahrscheinlich würde sie am liebsten gar nicht gehen. Sie begehrte Westin, und zu verschwinden würde ihr nichts nützen. Aber hier auf ihn zu warten gefiel ihr offensichtlich auch nicht.

Xander trat aus dem Schatten und schickte einen schwachen Magieimpuls hinüber, um sie auf sich aufmerksam zu machen. Sobald sie in seine Richtung sah, drehte er sich weg und ging schnell fort. Er floh – nun ja, zumindest sollte sie das denken.

Und sie würde ihm nachstellen. Schließlich war sie eine Jägerin. Und er war ein Abtrünniger, der gegenwärtig auf der Fahndungsliste des Hohen Rats stand.

Fünf Minuten später lag Jezebel Patridge auf dem schmutzigen Boden eines Hinterhofs, ihr blondes Haar einem Heiligenschein gleich um ihren Kopf ausgebreitet, und in ihrer Brust klaffte eine Wunde von einem zweifachen Magieschwall.

Xander drückte sein Handgelenk und grinste, als er sein mit Schwarzer Magie kontaminiertes Blut in die Wunde tropfen ließ.

Max umkreiste Victorias Nippel mit der Zunge und wiegte die Hüften sanft, um seinen Schwanz in ihrer Tiefe zu bewegen, die von seinem Erguss ganz feucht war.

Sie wimmerte und strich mit den Fingern über seinen Rücken. Victoria war erschöpft, ihr kurzes Haar schweißfeucht und ihre Haut rosig. Ihre dunklen Wimpern zitterten auf ihren Wangen.

Er streichelte sie sanft, während er sich beruhigte. Max war nicht minder erschöpft von seinem brutalen Verlangen, sie zu dominieren und es mit ihr zu treiben, bis er bezweifelte, noch aufrecht stehen zu können. Und sie hatte ihn gelassen.

Es machte ihn wütend, dass er sein Verlangen nicht als das erkannt hatte, was es war: Die Schwarze Magie in ihm hatte in seiner geliebten Gehilfin ein Ventil gesucht. In seiner Seelenverwandten. In der Frau, die er mehr liebte, als er sich jemals jemanden zu lieben zugetraut hätte.

Nun schmeckte ihre Haut nach dem Dunklen, und ihr süßes Aroma hatte eine moschusartige Note angenommen, die Max' Sinne noch mehr provozierte. Er befand sich in einer Abwärtsspirale und riss Victoria mit sich.

Er widmete sich der anderen Brustwarze und leckte zart an ihr. »Tue ich dir weh?«, fragte er, heiser von den vielen Malen, die er unter seinen Orgasmen aufgeschrien hatte.

»Nein«, flüsterte sie und drückte die Finger sanft auf seinen Hintern. »Hör nicht auf.«

Sein Schwanz glitt träge rein und raus, während die Sorge um Victoria Max' beherrschender Gedanke war. Er würde aufhören, wenn er könnte, doch er brauchte die Verbindung, musste sicher sein, dass zwischen ihnen alles okay war. Der Geruch ihrer Haut, ihr weicher Körper, ihre Berührung … nichts in seinem Leben hatte er je so dringend gebraucht wie sie.

Er veränderte seine Position vorsichtig, sodass seine Schwanzspitze an den empfindlichen Nervenenden in ihr rieb. Dabei fühlte er die zunehmende Spannung in ihr und lauschte ihrem angestrengten Atmen. Als sie unter ihrem Orgasmus erbebte, folgte Max ihr stöhnend und kam in ihrem zuckenden Schoß.

Er keuchte und erschauerte vor Wonne, da spürte er, wie die Schutzzauber um sein Loft herum die Anwesenheit eines magischen Wesens meldeten. Prompt sprang er auf. Sein Schwanz war feucht und halb aufgerichtet, und sein Körper zapfte die neu gespeicherte Magiereserve an, um seine von stundenlangem, hartem Sex geschwächten Muskeln zu stärken.

Wieder mal hast du unsere Erwartungen übertroffen, sagten die Mitglieder des Hohen Rats. Die Vielzahl der Stimmen sprach in einem unheimlichen Einklang – der Rat bestand aus den Geistern der mächtigsten Hexen und Zauberer aller Zeiten. *Du hast Sirius verblüffend leicht ausgeschaltet.*

»Das war es doch, was ihr wolltet, oder nicht?«, fragte Max und zog sich eine Jeans über. Flüchtig blickte er zum Bett, wo Victoria sich auf der Seite zusammengerollt hatte und eingeschlummert war.

Deine Macht ist eindrucksvoll. Wir würden gern eine Demonstration sehen.

»Die Tatsache, dass Powell tot ist, reicht als Demonstration.« Er ging zur Tür, den rechten Arm zur Seite gestreckt, und in seiner Handfläche bildete sich ein Ball aus brodelnder Magie.

Vergiss nicht, dass du nur unseres Langmuts wegen kein gejagter Abtrünniger bist.

»Und vergesst ihr nicht, dass ihr Powell immer noch jagen und wahrscheinlich dabei Jäger verlieren würdet, wäre ich nicht gewesen. Unsere Beziehung beruht auf Gegenseitigkeit und ist kein einseitiges Geschenk.«

Warten wir ab, wie lange du brauchst, um Barnes zu vernichten, höhnten sie.

»Ja«, stimmte er zu und griff nach der Klinke seiner Wohnungstür. »Warten wir's ab.«

Er zog die Tür auf und riss seinen Arm zurück.

»Holla!« Gabriel hob beide Hände. »Nur die Ruhe, Killer.«

Max' Augen verengten sich, als er den Mann musterte, der für ihn immer ein Rivale bleiben würde. Gabriel Masters grinste, und seine braunen Augen blitzten amüsiert. Der dunkelhaarige Zauberer gehörte den höheren Rängen an, wenn er auch nicht ganz so ranghoch war wie Max. Trotzdem war seine Macht ausreichend gewesen, um ihn als Victorias Herrn auszuwählen … bevor Max sie für sich gefordert hatte. »Was machst du hier, Masters?«

Sie waren keine Freunde, nie gewesen. Doch da sie beide meistens auf der Jagd waren, ergab es sich eher selten, dass sich ihre Wege kreuzten.

»Willst du mich nicht reinbitten?«, fragte Masters.

Max trat zurück und bedeutete dem anderen einzutreten. Gleichzeitig beschwor er eine spanische Wand herbei, um das Bett zu verbergen, in dem sein Kätzchen schlief. Ihre Pheromone lagen natürlich schwer in der Luft, was Masters nicht entging. Der Zauberer verlagerte sein Gewicht von einem Bein aufs andere und nahm die Schultern zurück.

»Sie gehört mir«, warnte Max knurrend.

»Sie ist der Grund, weshalb ich hier bin.« Masters sah ihn an. »Die Nachricht von der Vernichtung heute spricht sich schnell herum. Jezebel sagt, du hast Powell mit einem einzigen Schlag ausgelöscht.«

»Und?«

»Und jeder weiß, dass deine Gehilfin dir geholfen hat. Ich bin nicht der einzige Jäger, der jetzt überlegt, sich eine Gehilfin zu nehmen.«

»Es hat seine Vorzüge«, gestand Max. »Aber Gehilfinnen sind auch ein Haufen Arbeit. Wäre es nicht Victoria, würde ich die Mühe niemals für lohnenswert halten.«

»Ja, ich rieche, wie viel Arbeit es ist.« Masters' Lächeln schwand. »Manche fragen sich, ob du jetzt mächtig genug bist, um den Hohen Rat herauszufordern.«

Ein eisiger Schauer lief Max über den Rücken. Das würde dem Rat ganz und gar nicht gefallen. Sie nahmen jede Form von Drohung überaus ernst. Sollten sie Max als Bedrohung empfinden, würden sie Maßnahmen ergreifen. Und es war Victorias Unterstützung, die ihm einen Vorteil verschaffte.

»Ich würde mir die Arbeit sparen, wenn ich du wäre«, raunte er und bemühte sich, sich seine Beunruhigung nicht anmerken zu lassen. »Ich habe alles, was ich will, gleich hier.«

»Hast du. Aber andere vielleicht nicht.«

Max verschränkte die Arme vor der nackten Brust. »Bring mir keine Revolution ins Haus.«

Masters' Lippen kräuselten sich. »Warum nicht? Du hast damit praktisch begonnen.«

8

Angesichts der Nachrichten, die Gabriel Masters Max brachte, bekam Victoria einen Knoten im Bauch. Sie stellte sich schlafend, doch hörte sie alles mit. Allerdings beschloss sie, ihr Wissen für sich zu behalten, bis Max es ihr direkt erzählte.

Sie fragte sich, ob er es hatte kommen sehen und sie bewusst von der Jagd ferngehalten hatte, um genau dies hier zu vermeiden. Er hatte sie vermutlich damit nicht aufregen wollen, selbst wenn eine Erklärung ihnen eine Menge Streit erspart hätte.

Max verabschiedete Gabriel und kehrte zum Bett zurück. Victoria hörte ihn, roch ihn und fühlte sich ruhiger, je näher er kam. Das Bett sank unter ihm ein, als er sich neben sie setzte. Er strich mit einer Hand über ihre Seite.

»Kätzchen«, sagte er leise, beugte sich zu ihr und presste die Lippen auf ihre Schulter. »Ich muss weg.«

Als er sich wieder aufrichtete, rollte Victoria sich auf den Rücken und sah zu ihm auf. »Solltest du nicht ein bisschen schlafen? Oder bist du bald wieder zu Hause?«

»Je schneller diese Jagd vorbei ist, desto besser.« Der Ausdruck in seinen grauen Augen wurde weicher, als er sie ansah. »Dann verreisen wir für eine Weile, irgendwohin in die Tropen vielleicht, wo du den ganzen Tag nackt sein kannst. Oder in den Schnee, damit du dich vor einem Kaminfeuer räkeln kannst.«

Sie griff nach seiner Hand an ihrer Hüfte und drückte sie. »Das klingt wunderbar.«

»Möchtest du hierbleiben, oder soll ich dich zurück zum Apartment bringen?«

»Nach Hause«, seufzte sie. »Ich muss noch arbeiten. Im Hotel war es heute völlig verrückt.«

»Kannst du die nächsten Tage von zu Hause aus arbeiten?«

»Klar.« Sie hasste es, außerhalb des Büros zu arbeiten, aber sie würde jetzt keine Diskussion anfangen. Max hatte bereits genug Probleme.

»Dann machen wir uns mal sauber«, murmelte er mit einem sanften Lächeln.

Eine halbe Stunde später fühlte Victoria sich weitestgehend gefasst. Max hatte sie von oben bis unten gewaschen, ihr die Kopfhaut und jeden Muskel massiert. Er war so gut zu ihr. Tat ihr so gut.

Jetzt zog er ihr einen schlichten Pyjama an und bestand darauf, jeden Knopf eigenhändig zu schließen – statt mittels Magie. »Da wären wir.«

»Ja.« Sie reckte sich auf die Zehenspitzen und küsste ihn auf die Wange. »Und ich werde auf dich warten, wenn du wiederkommst.«

Ein rauer Laut entfuhr ihm, und er zog Victoria in seine Arme. So hielt er sie für einen Moment, dann waren sie zu Hause. Victoria zuckte zusammen, als plötzlich Saxofonmusik erklang. Noch größer war ihr Schock jedoch, als die nackte Blondine, die nichts als ein Lederhalsband trug, durch den Flur vom Schlafzimmer ins Wohnzimmer geschlendert kam.

»Max«, schnurrte Jezebel und streckte sich, als wäre sie

eben erst aufgewacht. »Ich dachte, es war ein Scherz, dass du ein Kätzchen für uns zum Spielen mitbringen willst.«

Victorias Blick fiel auf den Namen MAX, der in das Lederhalsband eingebrannt war, und dann auf die Striemen auf ihren Brüsten, die exakt Max' Muster entsprachen.

»Jezebel«, knurrte Max. »Was zur Hölle machst du hier?«

»Es mit dir, dachte ich.« Sie lächelte und hob ihre Brüste an. »Auf jede Art, die du willst.«

Dunkle Magie regte sich in Victoria, schwarz und heiß. Sie loderte auf, versengte ihre Hände und wollte dringend freigelassen werden. »Schlampe«, fauchte sie. »Verschwinde lieber ganz schnell.«

»Ich sagte dir doch, Schätzchen, dass Gehilfinnen nicht gut mit anderen spielen«, säuselte Jezebel und zog an ihren eigenen Nippeln.

Max schritt auf sie zu, und Victoria verlor die Beherrschung. Sie konnte ihn unmöglich diese andere Frau berühren lassen. Vor allem nicht, solange sie nackt war und ein Halsband mit seinem Namen trug.

Wütend warf sie die Hände nach vorn, noch ehe sie nachdenken konnte, und Magie schoss in grünen Lichtbögen aus ihren Fingerspitzen. Jezebel wurde von der Wucht in den Flur zurückgeschleudert.

»Verdammte Scheiße!« Max drehte sich wütend zu Victoria um. »Hast du den Verstand verloren?«

»Nein, das warst offensichtlich du, als du diesen Müll in mein Haus gebracht hast!«, erwiderte sie und ballte die Fäuste, um nicht erneut zuzuschlagen.

Ein Sattelschlepper kollidierte mit ihrer Brust. So jedenfalls fühlte es sich an. Sie wurde auf den Rücken geworfen und schlitterte gegen das Sofa. Victoria schrie. Ihre Brust brannte, und das Pyjamaoberteil qualmte.

»Schluss!«, brüllte Max und stellte sich als Barriere mitten in den Flur.

Jezebel sprang auf und machte einen Salto über ihn hinweg, sodass sie auf den Füßen landete. Victoria war noch schneller, dank ihrer Katzenreflexe. Doch Max machte einen Satz auf die Hexe zu, schlang die Arme von hinten um sie, und mit einem Mal waren sie verschwunden.

Ein unbändiger Zorn tobte in Victoria, und hinzu kam ein Magierausch, wie sie ihn noch nie zuvor erlebt hatte. Sie vertraute Max, glaubte ihm und war noch ausreichend bei Verstand, um einzusehen, dass er den Abend über kaum so mit ihr gewesen wäre, hätte er es vorher mit einer anderen getrieben.

Was allerdings nicht hieß, dass sie nicht kochte vor Wut, weil er seine Ex in ihre gemeinsame Wohnung gebracht hatte; noch dazu eine Ex, die komplett durchgeknallt war und unbedingt verprügelt werden wollte.

»Max!«, schrie sie. Doch er war fort.

Schäumend vor Wut stellte sie die Stereoanlage aus und marschierte durch die Wohnung, um nach irgendwelchen Spuren von Jezebel zu suchen. Ihre Rage steigerte sich noch, als sie das Bett zerwühlt und nach dem Parfüm der Hexe duftend vorfand. Und sie roch noch etwas anderes, etwas Rauchiges und leicht Säuerliches. Victoria riss die Laken herunter und zerfetzte sie mit ihren Krallen. Sie hatte gar nicht bemerkt, dass sie die ausgefahren hatte.

Im Geiste ging sie durch, was sie zu Max sagen würde, wenn er zurückkam, und wurde darüber beständig wütender. Auf einmal klirrten die Schutzzauber um das Apartment – eine leise Warnung.

»Willst du mehr, Hexe?«, murmelte Victoria, ließ die Laken fallen und ging zur Tür. Ihre Handflächen juckten wieder und erinnerten sie an den Magieschlag, den sie vorhin abgegeben hatte. Ihre Magie hatte sich noch nie zuvor in Energieblitzen manifestiert. Max müsste ihr helfen, das zu verstehen und wieder einen klaren Kopf zu bekommen.

Was stellte diese Jagd nur mit ihnen an?

Victoria erreichte die Wohnungstür und bemerkte, dass die Bedrohung hinter ihr war. Ihre Nackenhaare stellten sich auf, und sie drehte sich rasch um, während sie zugleich in Katzengestalt wechselte, weil sie in der eine kleinere Zielscheibe bot. Die Fenster knackten unter der Energie, die von draußen gegen sie drückte. Victoria schüttelte die Kleidung ab, die sich um ihre Pfoten bauschte, und flitzte zu einem Fenster, sprang auf einen Beistelltisch, um besser sehen zu können.

Sie suchte die Skyline ab, sah jedoch nichts, was das magische Ziehen hätte erklären können. Es durchfuhr ihre Brust, wo die Wunde noch pochte, und zwang sie in Menschengestalt zurück. Sie fiel auf den Boden, krümmte den Rücken und spürte Magie in einem Energieschwall aufflammen, unter dem die Fenster zerbarsten.

Eine schwarze Wolke strömte herein und verfestigte sich neben Victoria zu einem Mann. Er hatte kupferrotes Haar, so dunkle Augen, dass sie schwarz wirkten, und strahlte eine dunkle Macht aus, die Victoria eine Gänsehaut über den Leib jagte.

Er kniete neben ihr nieder, und Victoria merkte, dass sie sich nicht bewegen, ja, kaum atmen konnte. Die Stelle an ihrer Brust, wo Jezebel sie erwischt hatte, brannte wie von einem Säureangriff. Der Schmerz fraß sich in sie hinein und breitete sich in ihr aus.

Der Mann lächelte. »Entspann dich. Es dauert nicht lange.«

Als das Brennen ihr Herz erreichte, schrie Victoria auf, und ihre Muskeln krampften. Dann verlor sie glücklicherweise das Bewusstsein.

In dem Moment, in dem Max sich in Jezebels Zuhause materialisierte, stieß er sie von sich weg. Seine Handflächen brannten von der Berührung ihrer Haut. Sie war fiebrig heiß, und ihre Augen blickten wirr. Die tiefe Wunde an ihrer Schulter von Victorias Schlag schien sie gar nicht wahrzunehmen. Und ihr Grinsen war so irre, dass Max eiskalt wurde.

Er schwenkte die Hand, um sie mit einem Bademantel zu verhüllen.

»Max.« Sie schüttelte den Kopf. »Früher warst du nicht so verklemmt. Deine Gehilfin macht dich offenbar nicht glücklich.«

»Du willst mich zum Feind, Jezebel«, warnte er sie. »Ich schlage vor, dass du mich als nette Erinnerung bewahrst und dich verdammt noch mal von mir fernhältst.«

»Aber es zieht uns zueinander hin! Ich weiß, dass du es auch fühlst.« Sie kam näher und streckte ihre Hand aus, als wollte sie ihn anfassen.

Und tatsächlich fühlte er es stark genug, um nach Luft zu ringen. Die Anziehung zwischen Gleich und Gleich war stark, nur hatte sie nichts Erotisches. Sie war magisch.

Er schritt ihr entgegen und riss den Stoff über ihrer

Wunde zur Seite. Dabei entblößte er ihre Brust, sodass sie vor Erregung hörbar einatmete. Max' Aufmerksamkeit galt indes nur der klaffenden Fleischwunde, die nicht blutete und ganz dunkel war. Nicht, weil sie verödet war, sondern weil Jezebels Blut kontaminiert war.

»Wann hat er dich erwischt?«, fragte Max streng. »Was hat er mit dir gemacht?«

Ihre Hände strichen über seine Brust. »Mich interessiert mehr, was du mit mir machen willst«, säuselte sie.

Max packte ihre Hände und versetzte sie beide geradewegs in den Vorraum des Empfangssaals des Hohen Rats. Wie immer wimmelte es dort von Leuten, und Max' plötzliches Erscheinen mit der halb nackten Jezebel ließ alle anderen erstarren. Die Menge der Hexen und Zauberer teilte sich, um ihn zu dem Tisch vorzulassen, an dem man seine Bitte um eine Audienz eintragen lassen musste. Mit einer Hand an Jezebels Ellbogen schob er sie nach vorn.

»Sie ist von Xander Barnes vergiftet worden«, sagte er frostig. »Sie muss behandelt werden und in eine Therapie.«

Er ließ sie los und wollte wieder gehen.

»Der Rat wird dich befragen wollen«, sagte der Schreiber hastig.

»Ich weiß nicht, was passiert ist. Ich war nicht dabei.« Unvermittelt krümmte Max sich und machte einen Satz zurück, als ein glühender Schmerz einer Klinge gleich in seine Brust fuhr. In ihm hallte ein Schrei, und ihm gefror das Blut in den Adern.

»Victoria«, hauchte er, und Panik überkam ihn.

Er war so abgelenkt gewesen, dass er sie allein und schutzlos zurückgelassen hatte. Er setzte zu einem Ortswechsel an, doch es war, als müsse er durch Honig schwimmen, und seine Magie sickerte mit jedem Herzschlag aus ihm heraus. Erst endlose Momente später kam er stolpernd in seinem Wohnzimmer an, wo er auf Händen und Knien in einem Scherbenmeer landete, desorientiert und benommen.

Schwarze Lederstiefel erschienen in seinem Sichtfeld und lenkten seinen Blick über ewig lange Beine, enge schwarze Shorts und ein Lederbustier nach oben. Victoria stemmte die Hände in die Hüften, und ihre tiefrot geschminkten Lippen verzogen sich zu einem spöttischen Grinsen. Das Smaragdgrün ihrer mit Kajal umrandeten Augen war so dunkel wie ihre Aura.

»Genau so will ich dich haben«, schnurrte sie.

9

Er zähmt dich. Und du lässt ihn.

Victoria beobachtete, wie Max sich mit einer geschmeidigen Bewegung aufrichtete und sie mit seinen gewittergrauen Augen musterte. Sie wusste, dass er sich fragte, wie er die Oberhand gewinnen könnte, doch für diese Spiele war sie nicht mehr zu haben. Sie war jetzt mächtiger als er, und es wurde Zeit, dass er das anerkannte. Das Ungleichgewicht in ihrer Beziehung – falls sie denn noch eine hätten – hatte sich zu ihren Gunsten verschoben.

Du hast deine eigene Magie, die er aber nicht respektiert.

»Victoria …«

Sie sah Blut an seinen Händen von den Fensterscherben. Gedankenverloren heilte sie die Schnitte mit einem Zauber, den sie noch nie gewirkt hatte, aber aus irgendeinem Grund trotzdem auswendig kannte.

Du hast ihn stärker gemacht denn je, und wie dankt er es dir? Indem er dich unterwirft und dich zu seiner Dienerin macht.

Ihre Hand schnellte vor, packte ihn an der Krawatte, und einen Augenblick später waren sie zurück in seinem Loft.

Seine Brust hob und senkte sich unter seinen Atemzügen. »Was hat er mit dir getan, Kätzchen?«, fragte Max leise.

»Mir ist nicht nach Reden, Max«, sagte sie und fuhr sich mit der Zunge über die Lippen beim Anblick seiner Spielzeugsammlung. *Würde er dich wirklich lieben, ließe er euch beide spielen.* »Ich will spielen.«

»Ach ja?« Er umfing ihr Gesicht mit seinen Händen und betrachtete sie. »Du kannst dich dagegen wehren, Süße. Lass mich dir helfen.«

»Von wegen«, erwiderte sie. *Warum sollte er den ganzen Spaß haben?* »Ich wollte dich schon seit der Nacht, da wir uns kennenlernten, ans Bett gefesselt sehen.«

»So funktioniert das nicht, Victoria. Nicht zwischen Zauberer und Gehilfin, und erst recht nicht zwischen uns. Das bist nicht du, die das sagt.«

»Doch bin ich!« Sie entwand sich ihm. *Du solltest auf deinen Instinkt hören, Victoria St. John, der dir sagt, was du bereits weißt.* »Du hast von Anfang an versucht, mich zu ändern. Du willst aus mir etwas machen, was ich nicht bin!«

Seine Züge verhärteten sich. »Wir sind seit fast zwei Jahren zusammen. Du kommst mir nicht wie eine Frau vor, die sich so lange mit einem Mann abgibt, der sie nicht befriedigt.«

»Das war vorher.« *Erinnere dich, wer du warst, bevor Westin dich jagte. Erinnere dich, welche Macht du hattest. Der Hohe Rat ließ Darius Whitacre sterben. Hast du den Rat jemals dafür büßen lassen? Hast du Westin so benutzt, wie er dich benutzt hat?*

»Wovor?«

»Bevor ich erkannte, was du wirklich willst!« Sie kehrte ihm den Rücken zu. »Jezebel hat mir wahrhaft die Augen geöffnet.«

Max konnte sich vorstellen, wie der Schwanz seines Kätzchens zuckte. Ihre dunkle Aura hingegen musste er sich nicht vorstellen, denn die konnte er förmlich in der Luft schmecken. »Ich will dich.«

Sie blickte über die Schulter zu ihm, verschlagen wie eine Katze. »Du kannst mich haben … wenn du ein braver Junge bist, Max.«

Er änderte seine Taktik. »Na gut. Kümmern wir uns erst mal um Xander Barnes. Wenn das mit ihm geregelt ist, haben wir alle Zeit der Welt.«

Lachend warf sie den Kopf in den Nacken und ging auf die Wand mit der Auswahl an Peitschen und Gerten zu. »*Jetzt* willst du mit mir jagen? Nachdem ich dich vergeblich regelrecht darum angefleht habe?«

Max fuhr sich mit der Hand durchs Haar. Er war unglaublich frustriert, zumal, wenn er bedachte, wie sehr er zu diesem Desaster beigetragen hatte. Er hatte Victoria magisch, physisch und emotional angreifbar zurückgelassen. Nicht mal bei ihrer ersten Begegnung waren sie derart weit voneinander entfernt gewesen, und er ertrug es nicht.

Doch durfte er sein Urteilsvermögen nicht davon trüben lassen. Stellten Jäger ihre Emotionen über ihre Vernunft, waren sie zum Scheitern verdammt, und jetzt durfte er auf keinen Fall versagen.

»Ich mache Fehler, Victoria«, gestand er. »In diesem Fall habe ich unterschätzt, wie sehr ich deine Hilfe brauche. Und ich habe Powell unterschätzt.«

Sie ging zu der Kommode, in der Max die Spielzeuge verwahrte, mit denen er sie penetrierte. »Gib deiner Jagd nicht die Schuld an unseren Problemen.«

»Anscheinend habe ich irgendwas nicht mitbekommen.

Wie wäre es, wenn du mir noch mal erzählst, was heute passiert ist? Woran kannst du dich erinnern? Was ist als Letztes geschehen, bevor ich eben nach Hause kam?«

»Ich erinnere mich an deine Geliebte, die es sich in meinem Haus gemütlich gemacht hatte! Und die ein verfluchtes Halsband mit deinem Namen drauf trug!«

»Und wie hast du von da aus den Sprung hierhin vollzogen?« In ein übertriebenes Domina-Outfit, von dem Max nicht mal gewusst hatte, dass sie es besaß. Andererseits hatte er sich auch nie die Mühe gemacht zu recherchieren, was zwischen ihr und den anderen Jägern gelaufen war, die vor ihm geschickt worden waren, um sie an die Leine zu legen.

Doch nicht einmal seine Eifersucht konnte verhindern, dass sein Schwanz pochte, wenn er sie ansah. Trotz allem, was schiefgegangen war – oder vielleicht deshalb und wegen seines verzweifelten Wunsches, wieder eins mit ihr zu sein –, zog ihn diese neue Seite an ihr schmerzlich an.

Sie nahm einen Glas-Dildo aus einer der Schubladen und strich mit den Fingern an ihm auf und ab. Dann hob sie ihn an ihre Lippen und leckte über die Spitze. Max verkniff sich ein Stöhnen.

»Mir ist klar geworden, dass ich anfangen muss, die Dinge so umzugestalten, wie ich sie künftig haben möchte«, sagte sie und blickte durch die Wimpern ihrer halb gesenkten Lider zu ihm. »Beziehungen sind eine Frage der Wechselseitigkeit, Max.«

»Ich gebe dir alles, was ich habe.« Er sandte seine Magie aus, und sie prallte gegen eine Wand von Energie, die Victoria abstrahlte. Sie entzog ihm spürbar Kraft, was ein deutliches Indiz dafür war, dass sie mit Schwarzer Magie verunreinigt worden war. »Und ich werde es dir weiterhin geben, bis zu meinem letzten Atemzug.«

»Alles … außer deiner Unterwerfung.«

»Ich lasse mich nicht umpolen, Kätzchen.«

Sie tippte einen schnellen Takt mit dem Fuß auf dem Estrichboden. »Ich vielleicht schon. Heißt das, wir sind nicht kompatibel?«

»So hast du vor einer Stunde nicht gedacht.« Ihre Augen wurden schmal, und dann verschwand sie binnen eines Lidschlags.

»Victoria!«, rief er und ballte die Fäuste.

Es war teuflisch clever, was Barnes getan hatte: Max seinen Halt zu nehmen und Victoria dabei am Leben zu lassen. Sie an den Tod zu verlieren wäre gnädiger gewesen, als sie an die Schwarze Magie zu verlieren. Und Max konnte sie nicht vor den Hohen Rat bringen wie Jezebel. Zum einen war er selbst gefährlich geschwächt, zum anderen fürchtete er, dass die Mitglieder des Rats Victoria würden auslöschen wollen, weil sie Max in den Augen des Rats zu einer Bedrohung machte.

Er zermarterte sich das Hirn, was er tun sollte, und überlegte, welche Zauber Barnes wohl benutzt haben könnte, um Jezebel und Victoria so zu verderben.

»Blutmagie«, murmelte er, wusste er doch, wie mächtig die sein konnte.

Allerdings nur, solange Barnes noch lebte.

Ist Westin wirklich der Richtige für dich? Oder gibt es jemanden, der besser zu dir passen würde?

Victoria zog durch die Clubs. Rastlos und getrieben von Bedürfnissen, gegen die sie nichts tun konnte, suchte sie in der Innenstadt nach etwas, was sie nicht mal benennen konnte. Es störte sie massiv, dass sie das Gefühl hatte, zu Max zurückzumüssen. Doch ausgerechnet zu ihm zog sie ein nagendes Verlangen. Nie zuvor hatte sie sich so zerrissen gefühlt, als würde sie mit sich selbst ringen.

»Wie es aussieht, bist du in Spiellaune, Schönheit.«

Sie blickte sich zu dem Mann um, der sie angesprochen hatte. Er war groß und durchtrainiert, hatte hellbraunes Haar und einen frechen Blick. Mit ihren Augen und ihrer Magie musterte sie ihn. Er war ein Mensch.

Sie lächelte und dachte daran, wie viel Spaß es machen würde, ein solches Prachtexemplar zu dominieren. Es war viel zu lange her, dass sie die Zügel in die Hand nehmen durfte.

»Bist du denn in der Stimmung zu spielen?«, fragte sie.

»Immerzu. Darf ich dir etwas zu trinken ausgeben?«

Sie schüttelte den Kopf und überlegte, wohin sie ihn bringen könnte. Max' Loft wäre ideal, aber das kam nicht infrage. Ihre Wohnung wäre eine Option, vor allem, nachdem Max es für angebracht gehalten hatte, seine Exgeliebte dorthin mitzunehmen. Doch unerwünschte, höchst ärgerliche Schuldgefühle regten sich in ihr und hielten sie davon ab.

Verdammt.

»Gehen wir woandershin«, sagte sie und beschloss, am besten ihm die Entscheidung zu überlassen. Vielleicht besaß er eigene Spielsachen.

Grinsend reichte er ihr die Hand. »Steve. Ich habe das Gefühl, dass ich ernsthaft Glück habe, heute Abend auf dich gestoßen zu sein.«

»Victoria.« Ihre Finger streiften seine Handfläche, doch

seiner Berührung fehlten die Hitze und die magische Verbundenheit, die sie bei Max verlässlich spürte. Eine merkwürdige Leere tat sich in ihrem Bauch auf. Die Musik in dem Club wummerte aus den Lautsprechern und spornte die Gäste an, sich gegenseitig aufzureißen. Paare und Dreiergruppen rieben sich auf der Tanzfläche aneinander und tränkten die Luft mit dem Geruch von Erregung und Pheromonen. Victoria jedoch fühlte sich seltsam fehl am Platz.

»Dann komm, Vicky.« Er nahm ihre Hand und verschränkte seine Finger mit ihren. »Ich habe ein Zimmer um die Ecke.«

Westin hat dich in seinem Bann, Victoria. Whitacre hat dich nie so kontrolliert.

Sie runzelte die Stirn und ließ sich von Steve durch das Gedränge zum Ausgang führen. Noch nie war es ihr schwerer gefallen, auf ihr Gewissen zu hören. Und Steves Verwendung des Spitznamens »Vicky« machte es nur schlimmer. Einzig Darius hatte sie je so genannt.

Max' Stimme hallte durch ihren Geist. *Das bist nicht du, die da redet.*

Ihre Hand umklammerte Steves fester. Der Zauberer hatte ihr den Verstand geraubt … sie verwirrt. Deshalb war sie jetzt im Widerspruch mit sich.

»Wohnst du in der Stadt?«, fragte Steve, als sie auf den Gehweg hinaustraten.

»Ja.« Sie war nach Darius' Tod hergezogen, näher an das Magiezentrum des Landes, damit sie den Hohen Rat besser provozieren konnte.

»Mir gefällt es hier«, füllte Steve die Leere, die Victorias einsilbige Antwort schuf. »Ist mein erster Ausflug hierher, und ich werde meinem Boss wohl danken müssen, dass er mich zu dieser Tagung hergeschickt hat.«

Victoria konzentrierte sich mühsam auf den Mann und sagte: »Vielleicht werde ich ihm auch danken müssen.«

Seine Augen funkelten im Licht der Straßenlaternen. »Muss ich fragen, ob du sanft mit mir sein wirst?«

»Ist es das, was du willst?«

»Nein.«

Sie lächelte aufrichtig. »Schön. Ich bin nämlich nicht sicher, ob ich heute Nacht sanft sein kann.«

Eine Welle von Verlangen durchströmte seinen kräftigen Körper, und seine Haut erwärmte sich spürbar. »Ist es einer dieser Abende, Süße?«

Ihre Nasenflügel bebten, und ihre Sinne waren erfüllt vom Duft seiner Lust und Erregung. »Ja … könnte man so sagen.«

10

Max zog los. Barnes würde sich irgendwo ganz in der Nähe aufhalten, da er wusste, dass Max jetzt so hilflos war wie nie zuvor. Er hatte die Jagd zu einem Spiel gemacht, für das er es sogar riskierte, geschnappt zu werden. Wenn er Max vernichtete, würde das den Hohen Rat nicht davon abbringen, ihn weiter zu jagen – andere Jäger würden kommen. Es würde Barnes nicht mal Zeit verschaffen, denn Max war ziemlich sicher, dass der Rat die Jagd bereits ausgeweitet hatte. Wahrscheinlich trauten sie Max nicht mehr, und Jezebels Anfälligkeit dürfte alle erst recht in Alarmbereitschaft versetzt haben.

Für Barnes war es ein Sport, Jagd auf Max zu machen. Es war seine Chance, sich für die Jahre im Kerker zu rächen.

Victoria, wo bist du?

Er unterdrückte den Drang, sie zu suchen, weil es sinnlos war, solange sie unter dem Einfluss Schwarzer Magie stand. Der Zauber, mit dem Barnes sie belegt hatte, um sie umzuprogrammieren, würde sich erst nach dem Tod des Zauberers brechen lassen.

Trotzdem konnte Max nichts gegen seine Angst um Victoria ausrichten. Um sie beide als Paar, denn ihre Beziehung war es, die Barnes als Zugang benutzt hatte. Die ganze Zeit hatte Max geglaubt, es wäre nur eine Frage der Gewöhnung, bis Victorias gelegentlicher Widerstand verschwand. Er hatte unterstellt, dass sie im Grunde ihres Herzens wie alle Gehilfinnen war. Aber vielleicht war sie wirklich einzigartig, und das nicht bloß bezüglich der Magie, die sie von Darius bekommen hatte. Eventuell brauchte sie es, dass sie beide abwechselnd die Kontrolle übernahmen, und nicht, dass sie sich vollständig unterwarf.

Wenn das zutraf, könnte er dann der Mann sein, den sie brauchte?

»Wie verloren du aussiehst, Westin.«

Max versteifte sich, wurde langsamer und blickte sich nach seiner Beute um. Bei dem Gedanken trat ein verbittertes Lächeln auf seine Züge. Eigentlich war er es, der gejagt wurde. »Es war ein harter Tag.«

Barnes trat aus den Schatten. Oberflächlich wirkte er harmlos, wie ein Dreißigjähriger, der abends durch die Straßen schlenderte. Doch die dunkle Energie, die er verströmte, traf Max mit einer solchen Wucht, dass er einen Schritt zurückstolperte. »Wie schade. Für mich war es ein großartiger Tag.«

Max nickte. »Du wolltest Powells Tod.«

»Er wäre über kurz oder lang zu einer Plage geworden«, sagte Barnes achselzuckend. Dieser Tage kleidete er sich besser. Als Max ihn fing, war er ein schäbiger Verbrecher gewesen. Jetzt war er in maßgeschneiderter Hose und Oberhemd mit polierten Budapestern und Krawatte. »Und er war blöd genug zu glauben, er sei schlauer als ich.«

»Ich habe dich auch unterschätzt.«

Das gefiel Barnes. Er grinste. »Ich hatte gehofft, dass du eine lohnenswertere Herausforderung abgibst.«

»Ich enttäusche dich ungern.« Max versuchte, Victoria anzuzapfen und zumindest ein wenig von seiner Magie zurückzuholen, doch da war nichts am anderen Ende. Als wäre die Verbindung zwischen ihnen gekappt worden.

Ein alter Mann mit einem Chihuahua machte einen Bogen um sie und beäugte sie misstrauisch. Der Hund kläffte Barnes an, zerrte an seiner Leine und bleckte die Zähne. Barnes bückte sich lächelnd, woraufhin der Hund winselnd auf die Pflastersteine pinkelte.

»Remy!«, schalt der alte Mann. »Böser Hund. Komm jetzt.«

Der Zauberer richtete sich lachend wieder auf. »Die Welt ist voll von erbärmlichen Geschöpfen, findest du nicht auch, Westin?«

»Kleine Hunde zu erschrecken sollte eigentlich unter deiner Würde sein«, sagte Max und schüttelte unauffällig einen Zauberstab aus seinem Hemdsärmel. Es war ein Kinder-Lernstab, den er seit Jahrhunderten nicht mehr benutzt hatte, und selbst damals nur sehr kurz. Genau genommen diente er einzig dem Zweck, während der Lernphase die Magie zu konzentrieren, verfügte aber selbst über keinerlei Kräfte. Doch Max brauchte jetzt gerade jede Hilfe, die er kriegen konnte. Er würde die gesamte Magie einsetzen, die er noch besaß, um das transzendentale Reich um Unterstützung anzurufen.

Immerhin war er nicht der Einzige, der Victoria liebte und alles tun würde, damit ihr nichts geschah.

»Nichts ist unter meiner Würde. Deshalb bin ich ja so mächtig geworden.« Barnes rieb sich das Kinn. »Die Magie Regeln zu unterwerfen war ein Irrtum des Rats. Magie *lebt*, sie atmet. Sie einzusperren ist ein Verbrechen.«

»Dir ist Magie doch scheißegal. Du willst Macht, bist berauscht von ihr.«

»Ich glaube nicht, dass du ganz so abfällig reden würdest, hättest du noch etwas von deiner übrig«, erwiderte Barnes ernst.

»Und ich glaube nicht, dass du ganz so selbstgefällig klingen würdest, wüsstest du, dass der Rat bereits selbst Jagd auf mich macht, weil er denkt, dass Victoria mich zu stark werden ließ. An deiner Stelle würde ich das für die bessere Vergeltung halten. Auge um Auge, anstatt dem Rat einen Gefallen zu tun.«

Das gefiel Barnes definitiv nicht, denn sein Lächeln erstarb. »Du hängst echt nicht am Leben, was, Westin?«

»Kann sein.« Er spielte seine Verwundbarkeit hoch. »Ich will nicht ohne Victoria leben, und du hast sie mir weggenommen. Also heißt es, entweder du oder ich, Barnes.«

»Tja, ich schätze, wir wissen beide, wie das ausgeht.«

Max schleuderte seine Hand nach vorn und zielte mit seiner Magie und dem Zauberstab auf Barnes' Brust. Barnes torkelte rückwärts, wirbelte herum, fing sich aber schnell wieder und feuerte zurück.

Die Wucht des Energieschlags schleuderte Max einige Meter durch die Luft. Atemlos und ächzend vor Schmerz, krümmte er sich zusammen und machte sich so klein, wie er irgend konnte, um ein möglichst schlecht zu treffendes Ziel zu bieten. Der nächste Magiehieb brachte seine Lungen und sein Herz zum Krampfen, und ihm wurde geradezu schwarz vor Augen. Ein lautes Rauschen erfüllte seine Ohren. Der nächste Schlag würde ihn töten.

Victoria … Als der Schmerz überhandnahm, kniff er die Augen zu. Wie würde sie es überleben, zwei Zauberer verloren zu haben, die sie liebte? *Pass auf dich auf, Kätzchen*, flüsterte er ihr zu. *Ich liebe dich.*

»Da wären wir«, sagte Steve und blieb vor dem Intercontinental stehen. Dann legte er ihr seine Hand ins Kreuz und lenkte sie zu einer der Glasdrehtüren.

Dafür habe ich dich nicht zu Westin zurückkehren lassen, Vicky.

Sie blieb so abrupt stehen, dass die Tür sie von hinten traf und vorwärts schob, sodass sie in Steve hineinstolperte.

Darius, hauchte sie erschrocken, weil sie die geliebte Stimme wieder hörte.

Du hast mir gesagt, dass du ihn liebst … dass du bei ihm sein willst. Falls du es dir anders überlegt hast, Schatz, hole ich dich zu mir. Ich werde einen Teufel tun, dich bei jemand anderem zu lassen.

»Ganz ruhig«, sagte Steve und nutzte die Chance, mit der Hand über ihren Rücken zu streichen. »Alles in Ordnung mit dir?«

Sie schüttelte den Kopf. Nein, nichts war in Ordnung. Vielmehr wurde ihr speiübel. Sie öffnete den Mund, um ihm zu sagen, dass sie es sich anders überlegt hatte …

Ein Schmerz durchfuhr sie, sodass sie sich krümmte und an Steve presste.

Pass auf dich auf, Kätzchen. Ich liebe dich.

Panische Angst ergriff sie. *Max!*

Für einen winzigen Augenblick konnte sie alles klar vor sich sehen, als würde sich ein dichter Nebel ganz kurz lichten und ihr diesen einen Blick gewähren.

Max starb. Und ihr brach das Herz.

Barnes schrie vor Wut und Schmerz. Glas zerbarst in der Nähe. Max fühlte Magie, die sich um sie herum zusammenballte und dann mit aller Kraft explodierte. Eine Frau kreischte, ein Mann fluchte, und Schritte hallten in Max' Kopf wider.

Energie strömte mit der Macht eines Tornados in ihn hinein, schob allen Schmerz weg und verpasste seinen Organen einen Kickstart. Er schoss hoch und erblickte Gabriel Masters, der neben ihm hockte und so schnell Magieladungen abschoss, dass Max es gar nicht recht verfolgen konnte. Barnes jedoch hatte einen Schutzschild aus Schwarzer Magie. Der schirmte ihn ab wie sich wellende Schatten, die ihn vor der gnadenlosen Attacke schützten. Beeindruckt und zutiefst dankbar, dass der andere Jäger auf seine Botschaft reagiert hatte, sammelte Max seine Magie und bereitete sich darauf vor, in den Kampf einzugreifen.

Da pulsierte auf einmal Victorias Energie durch seinen Körper. Es war eine erstaunliche Kraft, die immer noch weiter zuzunehmen schien. Doch war sie dunkel und rauchig, eher schwarz als weiß, und von solcher Intensität, dass Max das Gefühl hatte, seine Haut würde verbrennen, sollte er versuchen, sie zu bündeln. Ein plötzlicher Wind wirbelte um ihn herum, nur um ihn, und peitschte sein Haar. Die Kraft in ihm schwoll an.

Dann sah er Victoria. Sie stand hinter Barnes, mit in der Nacht glühenden Augen, die Arme ausgestreckt und erhoben, darauf wartend, dass Max zuschlug, damit sie seine Energie verstärken konnte. Sie hatte die Beine leicht gespreizt, stand fest auf dem Pflaster, und ihre wunderschönen Züge waren so kalt und entschlossen wie noch nie. Sie war bereit zu töten.

Barnes feuerte mit einer solchen Wucht auf Max, dass es ihn durchrüttelte, aber Max hielt sich aufrecht, blieb unverletzt, weil sein Zorn ihn stark machte. Victoria war zu ihm gekommen, auch wenn sie nicht mehr dieselbe war. Er wusste nicht, ob sie die je wieder sein könnte, nachdem sie so gründlich befleckt worden war. Er wusste auch nicht, ob sie für immer zu ihm zurückgekommen war oder nur für diesen Moment.

Er wusste lediglich, dass Barnes sterben musste.

Masters schrie auf, als ein Schlag ihn zurückwarf, sodass er über den Boden rollte. Und Max feuerte. Der Magieball durchschlug Barnes' Schutzschild und zwang ihn, einen zittrigen Schritt rückwärts zu machen … direkt in Victorias Blitzstrahl, der ihn vor Schmerz aufheulen ließ. Barnes fuhr herum und stürzte sich auf sie. Max warf sich nach vorn und griff an. Links von ihm erschien Masters und feuerte weiter auf die Flanke des Zauberers. Der dreifache Schlag brachte es.

Barnes explodierte in einem Schwall schwarzen Lichts, sodass die Gebäude um sie herum erbebten und die Leuchtmittel in den Straßenlaternen durchbrannten. Dunkelheit senkte sich über die Stadt.

Victoria schrie seinen Namen, und Max antwortete laut. Er stürmte auf den Klang ihrer Stimme zu, bewegte sich instinktiv und ächzte, als ihr schmaler Körper mit seinem kollidierte.

Er brachte sie beide sofort weg und ließ alles andere hinter sich.

Epilog

Victoria blickte durch die großen Fenster auf die endlose schneebedeckte Weite, die sich jenseits der Scheiben erstreckte. Das Haus lag hoch auf einem Berg in einem der abgelegensten Winkel der Welt, versteckt vor neugierigen Blicken und Satellitenüberwachung.

Eine Woche war seit der Nacht vergangen, in der sie Max und Gabriel geholfen hatte, Xander Barnes zu vernichten. Seither hatte sie sich von allen ferngehalten, sogar von dem Zauberer, der einst sein Leben mit ihr geteilt hatte. Er war da, ganz nahe. So umwerfend. So still. Er wartete, ganz der kluge Jäger. Wartete und beobachtete. Seine silbernen Augen folgten jedem ihrer Schritte. Nachts schlief er in einem anderen Zimmer, in einem anderen Bett.

Während die Stunden dahinkrochen, hatte sie sich mehr und mehr wie sie selbst gefühlt. Ihre Sehnsucht nach Max war mit jedem Tag gewachsen, bis sie zu einer solchen Gier wurde, dass Victoria es schwierig fand, ihr zu widerstehen.

Und seine Neigung, in nichts als einer Pyjamahose herumzulaufen, machte die Sache nicht besser.

Dennoch war jetzt alles anders. Sie war anders. Barnes' Zauber war von ihr genommen, doch die Befleckung mit Schwarzer Magie blieb und setzte ein Verlangen ganz neuer Art in Victoria frei. Sie verspürte den Wunsch, ihn auf ihre Weise zu nehmen, ihm die Tiefe ihrer Liebe wenigstens einmal auf eine andere Art zu zeigen als durch ihre Unterwerfung.

Aber er ließ sich nun mal nicht umpolen, und die Leichtigkeit, die sie einst miteinander empfunden hatten, war fort. Was blieb, war ein gegenseitiges Misstrauen, das es Victoria schwer machte, ihm die Hand zu reichen.

Zumindest in menschlicher Gestalt.

Also wechselte sie nun die Gestalt, sprang auf den Boden und befreite sich aus dem Wulst ihres langen Hauskleids. Dann machte sie sich auf die Suche nach ihm, wobei sie sich von ihren animalischen Instinkten leiten ließ. Es musste einen Weg geben, wie sie sich in der Mitte begegnen konnten, ohne dass sich einer von ihnen unwohl fühlte. Wenn sie diesen Weg nur gemeinsam finden könnten …

Sie tapste den Korridor hinunter, an ihrem Zimmer vorbei, und fand seines leer vor. Eilig lief sie weiter und schnupperte aufmerksam, denn zum ersten Mal seit Tagen war ihre Neugier geweckt. Obwohl sie schon länger hier war, blieb ihr dieses Haus ein Rätsel, weil sie bisher nur damit befasst gewesen war, einen klaren Kopf zu bekommen. Sie hatte geschlafen, gegessen, wenn Max kochte, und auf dem Sofa ferngesehen, ohne wirklich etwas mitzubekommen. Nun war ihr, als würde sie nach einem langen Schlummer gegen die Benommenheit kämpfen, um endlich richtig wach zu werden.

Am Ende des Korridors sah Victoria eine leicht angelehnte Tür. Sie wurde langsamer, schnupperte und schnurrte, denn sie roch die verführerisch dunkle Note ihres Zauberers. Sie stieß die Tür mit einer Pfote auf und setzte sich hin.

Max stand am anderen Ende des großen Raums, einen

Arm erhoben, um eine Gerte in eine Halterung über dem Kamin zu klemmen. Sein pechschwarzes Haar strich über seine Schulterblätter.

»Hallo, Kätzchen«, sagte er mit dieser tiefen, rauen Stimme, die Victoria so liebte und so vermisst hatte.

Er drehte sich zu ihr um, und sie kostete den Anblick seiner starken Schultern, der straffen Brustmuskeln und des Waschbrettbauchs aus. Weiter unten, verhüllt vom dünnen Stoff seiner Hose, hing sein Schwanz schwer zwischen den muskulösen Oberschenkeln. Victorias Schnurren wurde immer lauter, und ihr Schwanz schlug hin und her.

Ein riesiges Bett stand zu ihrer Rechten, während an der gegenüberliegenden Wand eine Sammlung von Peitschen, Gerten und Fesselmaterial hing. Zwei Truhen standen vor dem Bett, eine weiße, eine schwarze. Auf dem Deckel der weißen stand Victorias Name, auf der anderen seiner. Ein Andreaskreuz war an der Wand fixiert, nahe dem Bondage-Stuhl und der Schaukel, die von einem Deckenbalken herunterhing. Durch ein paar Oberlichter fiel Licht in den Raum, wie auch durch die unverhängten Fenster hinter dem Bett.

Victoria wechselte die Gestalt. Max stockte der Atem, als er sie nackt sah, und Erleichterung spiegelte sich in seinen Augen. Er wollte sie immer noch.

»Max«, sagte sie, und ihre Stimme war belegt vor Verlangen.

Er verschränkte die Arme, neckte sie mit dem Anblick seiner kräftigen Muskeln. Er war stark, und dennoch würde er sie, selbst wenn seine Gelüste extrem waren, niemals verletzen.

Er wartete.

Sie schluckte. »Sind wir Abtrünnige?«

»Wir sind so gut wie tot. Wenn wir uns bedeckt halten, dürften sie uns nicht finden. Aber du müsstest alles aufgeben. Alles, was du besitzt. Alles, wofür du gearbeitet hast.«

»Muss ich dich aufgeben?«

Sie sah, wie er schluckte, und erkannte daran, dass er nicht so gelassen war, wie er sich gab. »Ich hoffe, dass du es nicht tust. Ich hoffe, dass du mir eine Chance gibst, mich … anzupassen.«

Victoria trat einen Schritt näher. »Das würdest du für mich tun?«

Sein Blick wurde sanfter. »Ich würde alles für dich tun.«

»Meine Bedürfnisse sind andere als deine, Max«, erklärte sie sanft. »Ich möchte dich manchmal fesseln. Dich verwöhnen, ohne den Verstand darüber zu verlieren, was du mit mir tust. Ich möchte deine Unterwerfung, aber ich will dich nicht unterwürfig.«

Seine Brust hob sich unter seinem langsamen Atemzug. »Es ist schwer für mich, Victoria, dich so sehr zu brauchen. Dich zu lieben ist das Leichteste und das Schwerste, was ich jemals getan habe.«

»Denkst du, ich habe keine Angst? Vor allem jetzt?« Sie sah durchs Fenster auf die endlose Schneelandschaft. »Ein Jäger zu sein, war nicht nur etwas, was du getan hast, sondern es ist das, was du bist. Ich bin nicht sicher, ob ich sein kann, was du brauchst, wenn ich das Einzige bin, was du hast. Verstehst du, was ich meine?«

»Kätzchen, das Leben mit dir wird nie langweilig werden.« Max kam zu ihr und schlang seine starken Hände um ihren Hals, sodass sie das Halsband nachahmten, das sie getragen hatte. »Abgesehen von den Spielen, die wir in diesem Zimmer spielen werden, gibt es eine Menge, was wir auf dem Gebiet der Magie auszuprobieren haben. Masters hatte recht. Du und ich, wir sind ein einzigartiges Paar, und das haben wir nie richtig erforscht, geschweige denn genutzt. Wer weiß, wozu wir fähig wären?«

»Unsere Magie ist jetzt mehr grau als weiß«, sagte sie und ergriff seine Handgelenke. »Und wenn ich dich übertrumpfe und du mir nachjagst, könnte sie …«

»Ich werde dir immer nachjagen, egal wer von uns gerade die Oberhand hat.«

Er presste seinen Mund auf ihren, und Victoria wurde klar, dass ihre Sorgen unbegründet waren. Sie beide hatten dies. Sie hatten einander. Und der Rest würde sich irgendwie ergeben.

Sie erwiderte seinen Kuss und zeigte ihr Katzengrinsen.

Werkverzeichnis der im Heyne Verlag erschienenen Titel von Sylvia Day

› Bonusmaterial

HEYNE ‹

Die Autorin

Die Nummer-1-Bestsellerautorin Sylvia Day stand mit ihrem Werk an der Spitze der *New York Times*-Bestsellerliste sowie 23 internationaler Listen. Sie hat über 20 preisgekrönte Romane geschrieben, die in mehr als 40 Sprachen übersetzt wurden. Weltweit werden ihre Romane millionenfach verkauft, die Serie *Crossfire* ist derzeit als TV-Verfilmung in Planung. Sylvia Day wurde nominiert für den *Goodreads Choice Award* in der Kategorie BESTER AUTOR.

»Die unangefochtene Königin des erotischen Liebesromans«
Teresa Medeiros

»Wenn Sie noch nie ein Buch von Sylvia Day in Händen hatten, haben Sie was verpasst.« *Romance Junkies*

»Wenn es darum geht, prickelnde Sinnlichkeit zu erzeugen, können nur wenige Autoren Sylvia Day das Wasser reichen. *Stolz und Verlangen* ist die perfekte Melange aus betörenden Figuren, einer cleveren Geschichte und prickelnder Sinnlichkeit.« *Booklist*

»Eine wundervolle Geschichte. Dieser Roman wird Sie zum Lachen wie zum Weinen bringen.«
Love Romances über ›Eine Frage des Verlangens‹

»Diese brillante Kombination aus heißer Leidenschaft, Spannung und Intrigenspiel ergibt eine unglaublich ergreifende Geschichte.« *Romance Divas über ›Spiel der Leidenschaft‹*

Crossfire

Pressestimmen zu *Crossfire*

»Der Sex-Roman des Jahres« *Cosmopolitan*

»Sexuelle Spannung, heiße Liebesszenen und eine äußerst tiefgründige Liebesgeschichte sorgen für begeisterte Leser-Reaktionen.« *bild.de*

»Noch saftiger und mit besser gezeichneten Helden als *Shades of Grey*!« *Joy*

»Ich liebe ihren Stil, die sexuelle Spannung, die heißen Liebesszenen und die spannende Story.« *Carly Phillips*

»Unser absoluter Redaktionsliebling!« *Petra*

»Ein Stoff voll Schmerz, Hoffnung und Gefühlen.« *Abendzeitung*

Crossfire – Versuchung

Die Uniabsolventin Eva Tramell tritt ihren ersten Job in einer New Yorker Werbeagentur an. In der Lobby des imposanten Crossfire-Buildings stößt sie mit Gideon Cross zusammen – dem Inhaber. Er ist mächtig, attraktiv und sehr dominant. Eva fühlt sich wie magisch von ihm angezogen, spürt aber instinktiv, dass sie von Gideon besser die Finger lassen sollte. Aber er will sie – ganz und gar und zu seinen Bedingungen. Eva kann nicht anders, als ihrem Verlangen nachzugeben. Sie lässt sich auf eine Liebe ein, die immer ernster wird, und entdeckt ihre dunkelsten Sehnsüchte und geheimsten Fantasien.

Crossfire – Offenbarung

Seit ein paar Wochen sind die junge attraktive Eva Tramell und der erfolgreiche Geschäftsmann Gideon Cross ein Paar. Eva liebt seine dominante Art. Noch nie konnte sie einem Mann so vertrauen. Doch dann verändert Gideon sich, er will sie immer stärker kontrollieren, und auch die Dämonen aus seiner Vergangenheit belasten sie. Eva weiß: Ihre Beziehung hat nur eine Zukunft, wenn es keine Geheimnisse und keine Tabus zwischen ihnen gibt …

Crossfire – Erfüllung

Seit ihrer ersten Begegnung sind Eva Tramell und der faszinierende Geschäftsmann Gideon Cross einander verfallen. Nur Eva weiß, was Gideon für sie aufs Spiel gesetzt hat. Doch dieses Wissen wird immer mehr zur Bedrohung und ängstigt Eva, die sich nichts sehnlicher wünscht, als eine vertrauensvolle Beziehung und eine dauerhafte Bindung. Zudem wird ihre Liebe immer wieder auf harte Proben gestellt, denn Neid und Missgunst machen ihnen das Leben schwer, und die Schatten der Vergangenheit lasten auf ihnen. Doch das Wissen um die Geheimnisse des anderen verbindet Eva und Gideon unlösbar miteinander. Gemeinsam wollen sie sich ihren Dämonen stellen und ihre leidenschaftliche Liebe retten.

Crossfire – Hingabe

Eva und Gideon haben sich das Ja-Wort gegeben. Sie waren überzeugt, dass nichts sie mehr trennen kann. Doch seit der Hochzeit sind ihre Unsicherheiten und Ängste größer denn je. Eva spürt, dass Gideon ihr entgleitet und dass ihre Liebe in einer Weise auf die Probe gestellt wird, wie sie es niemals für möglich gehalten hätte. Plötzlich stehen die Liebenden vor ihrer schwersten Entscheidung: Wollen sie die Sicherheit ihres früheren Lebens wirklich gegen eine Zukunft eintauschen, die ihnen immer mehr wie ein ferner Traum erscheint?

Einzeltitel

Geliebter Fremder

Als Gerald Faulkner Isabel vor vier Jahren um ihre Hand bat, war er ein schöner und lebenslustiger Mann. Dann verschwand er spurlos. Nun, da er wieder auftaucht, ist er nicht mehr jung und sorglos, sondern eine gequälte Seele mit dunklen Geheimnissen. Er spricht nicht darüber, was in der Zwischenzeit geschehen ist, und verhält sich wild und hemmungslos. Allerdings ist da nun auch eine neue, glühende Leidenschaft zwischen ihnen. Hat Isabel genug Vertrauen, um sich diesem Fremden auszuliefern?

Sieben Jahre Sehnsucht

Lady Jessica Sheffield erwischt den attraktiven Alistair Caulfield dabei, wie er im Wald eine verheiratete Gräfin befriedigt. Seitdem herrscht eine verstörende Spannung zwischen ihnen, und sie vermeidet jede weitere Begegnung. Sieben Jahre später treffen die beiden wieder aufeinander und kommen sich näher. Das anfängliche Knistern lässt bald wilde Funken der Leidenschaft sprühen, und die beiden ergeben sich ihrem starken Verlangen …

Stolz und Verlangen

Eliza Martin ist eine reiche Erbin. Das hat nicht nur Vorteile. Heiratsschwindler und Kuppler belagern sie, und in letzter Zeit fühlt sie sich beobachtet. Aber Eliza lässt sich nicht einschüchtern und beschließt, jemanden zu engagieren, der sich unter ihr Gefolge mischt und den Schuldigen findet. Jemand, der nicht auffällt. Jasper Bond ist zu groß, zu gut aussehend, zu gefährlich. Doch Eliza reizt ihn. Und so ist es ihm ein Vergnügen, ihr zu beweisen, dass er genau der richtige Mann für diese Aufgabe ist …

Spiel der Leidenschaft

Lady Maria Winter ist jung, reich und schön. Trotzdem wird sie die »eiskalte Witwe« genannt, denn ihre beiden Ehemänner starben einst unter mysteriösen Umständen. Es hält sich das hartnäckige Gerücht, dass Lady Winter an ihrem Tod nicht ganz unschuldig ist. Tatsächlich treibt aber ihr Stiefvater Lord Welton ein perfides Spiel mit ihr. Als er Lady Winter auf den Piraten Christopher St. John ansetzt, der die Todesfälle undercover aufklären soll, stimmt sie widerwillig ein. Doch schon bei ihrer ersten Begegnung spürt sie ein nie gekanntes Verlangen …

Eine Frage des Verlangens

Lady Elizabeth Hawthorne und Marcus Ashford, Earl of Westfield, verbindet eine leidenschaftliche, aber auch leidvolle Vergangenheit. Sie waren einst verlobt, bis Elizabeth Marcus der Untreue verdächtigte und ihn verließ. Nun, vier Jahre später, kreuzen sich die Wege der beiden erneut. Marcus, der Agent im Dienste der Krone ist, soll Lady Elizabeth beschützen, da ein Unbekannter sie bedroht. Beide fühlen sich erneut magisch voneinander angezogen. Aber können sie die alten Verletzungen vergessen?

Ihm ergeben

London, 1780. Die junge und schöne Amelia Benbridge ist verlobt mit Lord Ware. Auf einem festlichen Ball sieht sie einen Mann mit weißer Maske, der sie fasziniert, und wider besseren Wissens folgt sie ihm in den dunklen Park des Anwesens. Er stellt sich als Graf Montoya vor, und die Anziehung zwischen den beiden ist unmittelbar und überwältigend. Doch er scheint ein dunkles Geheimnis vor ihr zu verbergen. Und Amelia ist vergeben ...

Die Dream Guardians-Serie

Verlangen

Aidan ist ein Dream Guardian: Er verhindert, dass das Tor zwischen der Traumwelt und der Realität geöffnet wird. Er bewahrt seine Schützlinge vor Albträumen, indem er sie in ihrem Schlaf als Liebhaber besucht. Bei der schönen Lyssa erlebt er eine sexuelle Leidenschaft wie nie zuvor und er verliebt sich zum ersten Mal in seinem Leben. Muss er fürchten, dass Lyssa das Tor zwischen den Welten öffnet?

Begehren

Als Stacey Daniels dem attraktiven Bad Boy Connor begegnet, kann sie es kaum glauben: Noch nie hat sie einen so schönen Mann gesehen! Sie ahnt nicht, dass Connor ein Dream Guardian ist, der Frauen in ihren Träumen beglückt. Schnell findet Stacey heraus, dass Connor auch im wahren Leben ein Meister der sündigen Sinnesfreuden ist, und sie erlebt die aufregendste Zeit ihres Lebens. Doch Connor kommt aus einer gefährlichen Traumwelt, mit der nun auch Stacey in Berührung kommt …

Die Marked-Serie

Verbotene Frucht

Evangeline Hollis, genannt Eve, ist eine ganz normale junge Frau – bis ihr eines Tages ein heißer One-Night-Stand mit einem attraktiven Fremden zum Verhängnis wird: Eve wird mit dem Kainsmal gezeichnet und muss künftig auf Dämonenjagd gehen. Ihr neuer Boss, Reed Abel, ist unglaublich penibel und verboten sexy. Als wäre es noch nicht genug, dass Eve sich nun tagtäglich mit ihrem lästigen Chef und mordlustigen Dämonen herumschlagen muss, taucht auch der geheimnisvolle Alec Cain auf – Abels Bruder und der Mann, der einst Eves Herz gestohlen hat …

Geliebte Sünde

Nachdem Eve ihren ersten Einsatz als Dämonenjägerin überstanden hat, wird sie von ihren Vorgesetzten in eine Art Trainingscamp für Gezeichnete gesteckt. Doch dann geraten Eve und die anderen Gezeichneten in Schwierigkeiten. Und es scheint, als könnte Eve diesmal nicht mit der Hilfe von Cain und Abel rechnen …

Teuflisches Begehren

In Eves Privatleben geht es drunter und drüber: Abel ist verliebt in sie, doch ihr Herz gehört Cain, der - seit er zum Erzengel befördert wurde - für niemanden mehr Liebe empfinden kann außer für Gott. Zwar kann auch er der verführerischen Eve nicht widerstehen, doch sie will mehr als nur körperliche Leidenschaft. Als ob das noch nicht genug wäre, gerät Eve auch auf der Dämonenjagd in Turbulenzen …

Die Dark-Nights-Serie

Ewiges Begehren

Adrian Mitchell ist ein Getriebener. Als Anführer einer Elite-Einheit von Seraphim jagt er Vampire und führt sie ihrer gerechten Strafe zu. Doch einst geriet Adrian selbst in Versuchung: Er verliebte sich leidenschaftlich in die schöne Shadoe, und wurde dazu verdammt, sie auf ewig zu begehren – nur um sie wieder und wieder zu verlieren. Als er eines Tages der hübschen Vampirjägerin Lindsay Gibson begegnet, weiß Adrian sofort, dass er in ihr Shadoe wiedergefunden hat. Und dieses Mal ist er nicht bereit, sie gehen zu lassen …

Gefährliche Liebe

Elijah Reynolds ist ein Werwolf wie er im Buche steht: dominant, aggressiv und loyal. Schon lange kämpft er an der Seite der Seraphim gegen die Vampire, ohne jemals Fragen zu stellen. Doch als er der Vampirin Vashti begegnet, wird seine Treue auf eine harte Probe gestellt: Vashtis Schönheit und Anmut verzaubern ihn vom ersten Augenblick an, und Elijah wird verzehrt von einem Feuer der Leidenschaft – einem Feuer, das alles verschlingt, was ihm einmal wichtig war …

Paranormal Romance Einzeltitel

Im Bann der Liebe

Atemberaubend schön und in den raffiniertesten Liebeskünsten bewandert, ist Sapphire bereits seit Jahren die Lieblingsmätresse des Königs von Sari. Doch als der geheimnisvolle Kriegerprinz Wulfric als Gefangener an den Hof kommt, ist Sapphire sofort fasziniert und stürzt sich in eine leidenschaftliche Affäre mit ihm. Dass ihre Liebe zu Wulfric verboten ist, macht die Sache nur noch heißer ...

Verzaubert

Der Zauberer Max Westin ist attraktiv, arrogant und dominant – in jeder Beziehung. Als er eines Tages der betörend schönen Magierin Victoria begegnet, ist ihm sofort klar, dass sie die Seine werden muss. Doch Victoria will auf keinen Fall einfach so in Max' Bett fallen! Für die beiden beginnt ein sinnliches Katz-und-Maus-Spiel voll dunkler Vergnügungen, bei dem sie beide bald nicht mehr wissen, was Realität ist und was Magie ...

Sylvia Day

Die große neue Paranormal Romance der internationalen Bestseller-Autorin von *Crossfire*

»Ein atemberaubend spannendes Abenteuer voller Engel, Werwölfe und Vampire!«
RT Book Reviews

978-3-453-54584-7

978-3-453-54583-0

Leseproben unter **www.heyne.de**

HEYNE